Franz Sandvoss

So spricht das Volk

Volkstümliche Redensarten und Sprichwörter

Franz Sandvoss

So spricht das Volk
Volkstümliche Redensarten und Sprichwörter

ISBN/EAN: 9783743653023

Hergestellt in Europa, USA, Kanada, Australien, Japan

Cover: Foto ©Andreas Hilbeck / pixelio.de

Weitere Bücher finden Sie auf **www.hansebooks.com**

So spricht das Volk.

Volksthümliche Redensarten und Sprichwörter.

Gesammelt

von

Franz Sandvoß

———

Zweite billige Volks-Ausgabe.

— — — — — —

BERLIN.

Verlag von E. Schotte & Co.

1861.

Vorwort.

Auch in den zahllosen landläufigen redensarten, deren wir uns in täglicher rede bedienen, pulsiert ein reges volksbewusstsein, ein kräftiger, gesunder witz, sinniger humor, schöpferische sprachbehandlung. sie verdienen wie die sprichwörter, die Höfer zusammenstellte, die aufmerksamkeit des sammlers, obwol sie nicht so schnell verschwinden wie jene. doch giebt es manche die wie pilze aufschiessen — man kann das bei dem Berliner recht deutlich wahrnehmen — eine zeitlang fast in jedes munde sind und dann vergehen. andere sind uralt und werden dauern wie die sprache.

hier ist ein winziger anfang, dessen ich mich fast schäme, sobald ich in das deutsche wörterbuch unserer Dioskuren Jacob und Wilhelm Grimm schaue. jeder leser wird noch hunderte mit leichtigkeit dazuschreiben. dennoch ist vielleicht der geringe umfang dem büchlein günstig und seinem zwecke, das sprachbewusstsein in mancher eigenheit zu wecken; es mahnt vielleicht bessere kenner der sprache, ihre schätze zu öffnen, für manche dunkelheit die erklärung zu bieten.

woher z. b. die redensart „nun brat mir einer 'n storch!" oder „hunde nach Bautzen jagen"? wenn die mutter dem verlangenden kinde sagt „wünsche dir was!" ist nicht darin eine

— vielleicht nicht mehr gefühlte — verweisung auf die wünschelruthe des märchens?

die den teufel nennenden redensarten lassen manches altdeutschheidnische durchschimmern, z. b. „nun schlag gott den teufel todt."

es muste mancherlei aufgeschrieben werden, was die gute gesellschaft nicht duldet. „wer an nackten bildsäulen ein ärgerniss nimmt oder an den nichts auslassenden wachspräparaten der anatomie, gehe auch in diesem sal den misfälligen wörtern vorüber." (J. Grimm.)

nicht unwillkommen wird eine probe hinterpommerscher sprache sein, die eine lebendige, weil angewandte fülle von sogenannt apologischen sprichwörtern enthält. sie stehe gleich hier: (ich entlehne sie der kurzen historisch-geographisch-statistischen beschreibung von dem königl. preussischen herzogthume Vor- und Hinter-Pommern v. Ch. Fr. Wutstrack. Stettin 1793 p. 239 ffd.)

De gyzge sühkt alles in syn voovken [taschen] tho rapen, schullen ohk annere nischt kriegen, un kann hei't nich mit schäpeln immäten, so thüt [zieht] hei't mit läpel nah sick. syn gloowensbekenntniss hitt: „all bäthken helpt, segt dat müssken, un pisst innen Rhyn." un't is seeker, dat veele bäthkens mit de tyd 'nen groten hupen maken. — Kyckt man em nüel [frei] in de oogen, so süth hei uth, as'n enken talglicht; dat makt, wyl hei utstaken will, up käre wys' hei noch wol mehr thosamen filzen künn'. — hei mag mit keenem minschen anners tho daun hebben, as goden dag, goden weg. kümmt aber 'n gode fründ edde naber tho em, so steiht he as 'n krank varken, dat up de poten bestorwen is, ef hädd' hei de quimende sück': uth der oorsack' wyl hei meent, de wart em arm fräten, da hei doch nischt missen kan; is't aber eener, de em wo 'nen naberdeenst daun kan, so drückt hei wol 'n oog thau, denn dei der vöer der höll sitt, mutt den düwel all tho vaddern bidden. hett man em aberst ohk all oft so menken gefallen daun, un kan em man

eenmal nich helpen, so is't, as wenn man den düwel tein jahr
huckback drägt, un sett 'n mau eenmal unsacht nedder, so
helpt alles nischt. cm alles tho dank tho maken, da hört wat
thau, denn hei befft synen egnen kopp, as de rügenwollschen
gäus'. — syn geldpung is mit neegen schläten verseekert, daraf
kann hei mit naue mög' acht upschluten; man tho'm neegenten
hefft de düwel den schlätel inne verwahring; darüm trctt em de
schwöhgniss [ohnmacht] an, un hei süht ganz verblüft uth, wenn
man em anmoden is, dat hei da wat 'ruther kluwen schall; man
wenn hei wat 'n inne leggen will, (dat is'n anner kreeft [krebs],
sühd' de düwel, as hei syne grossmoder inne rūhs' fing;) dann daun
sei sick flinks alle neegen vanneen. kümmt hei aberst up uth-
fräterygen (as tho 'ne kost [hochzeit] edde kinnelbeer,) so frett
hei as'n Garverhund, wyl't em dar nischt kost, un hei seeg' wol,
wenn nu buhk schühn wär', dat hei alle tüss' vollladen, un mit-
fack un uthlatt ohk noch vollstüken künn', up dat hei viertein
dag' daraf tho thären hädd'. daby denkt hei an de regel, dei
em syn moder gaff, as hei noch 'n lütk bengel was: „frett langsam, myn söhn, du glöwst nich, wat man sick denn in't lief
schlaen kan." — kümmt en beddelkärl vör syne där', un jüngelt
um 'n bitzken brod, edder 'nen göthling, so kümmt dei an as
de süege in't judenhuhs, denn disser hefft schultenooren, hei ver-
markt nischt, wyl jenner spreckt: „gyff my!" disser wiest em,
wo dei timmermann 'n loch laten hefft. wenn dei beddler aberst
veel zamöhlt, so is hei kort anhunnen, füngt an to neweddern,
un wart upsternatsch, ja vaken [oft] blixt un wädert hei, un
verkeert daby de oogen, as dei katt, wenn sei dunnern hört. —
synem wyf' un lyfleken gären, synen bengels un deerns tellt
hei jedern happen in't muhl, un wenn sei uthflötsch edder tho
veel fräten, so denkt hei: „iu mutt ick man den brodkorf höger
hängen," un fängt an van dürer tyd to kägern; damit gifft hei't
verblöhmt tho verstahn, dat sei de frät' nah gerad' thoschnören
un em nich hupen-heel verthären schöllen. süht hei, dat sei 'n
häppken verhundasen, so wart em so schwohl, as wenn em de

mahr [d. i. der alp] rüden hädd'. de huhsregel, de hei synen
kinne all' dag värprat, is: „Sparwat hefft wat, Frettup hefft
nischt.' —

ich gebe am schlusse eine sammlung von allitterierenden*)
formeln, die reimenden, wie dach und fach, habe ich nicht besonders gestellt. man wird bei den alitterationen vielfach ein
spiel des vocals aus i in a und u oder bloss aus i in a, i in e
(fix und fertig) wahrnehmen, worüber auf Jac. Grimms d. gr. I.
p. 561 der 3. aufl. zu verweisen ist.

*) die alitteration ist auch im (älteren) latein nicht selten. im hexameter
bei Lucrez. alitterierend ist Venus et vinum. quid fors feret feremus aequo
animo Ter. Phorm. I, 2, 68.

Gebrauchte Abkürzungen.

Gr. WB. bedeutet das (bis engführung erschienene) deutsche
wörterbuch von Jacob und Wilhelm Grimm, ein buch, das
über die engeren kreise der gelehrten weiter verbreitet sein
sollte, als es bis jetzt scheint. es ist zumal bei dem lang-
samen erscheinen auch das billigste buch.

nd. = niederdeutsch.

m hd. = mittelhochdeutsch.

Redensarten.

A.

1. den aal beim schwauz fassen.
2. aalglatt (ein aalglatter heuchler.)
3. aas (auch als liebkosung s. Gr. WB. I. sp. 5.)
4. etwas über das knie abbrechen.
5. es ist noch nicht aller tage abend.
6. abfahren, abfallen, abstinken = zurückgewiesen werden.
7. er fragt noch der kuh das kalb ab. (nd. he fragt noch de koh dat kalf ab.) — so fragt man dem bauer die künste ab.
8. ein abgefeimter bube, (auch|ausgefeimt s. Gr. WB. abfeimen) so auch ein abgebrühter kerl.
9. er lässt sich nichts abgehen, lebt gut.
10. er hat sich's an den schuhen abgelaufen.
11. abgemacht sela!
12. ablass nach Rom tragen. s. 103.
13. davon bitt' ich mir einen ableger aus.
14. er schwört dem teufel ein ohr ab.
15. sich die hörner abstossen.
16. das kann man sich an den fingern abzählen, am arsch abfingern.
17. über die achsel, über die schulter ansehen.
18. das sieht ihm ähnlich, ist ihm zuzutrauen.

1

— 2 —

19. ärmer als Lazarus s. arm.
20. ans dem ärmel schütteln.
21. er hat sich einen affen gekauft (ist betrunken.)
22. ich dachte, der affe lauste mich (affe für teufel?)
23. affenliebe, es ist eine affenschande.
24. mit allerwelts wird vieles verbunden, s. darüber Gr. WB. I. sp. 229.
25. alles in allem.
26. das ist sein ein und alles.
27. so alt wie mein kleiner finger.
28. er ist doch drei mal sieben jahr alt.
29. das ist so sicher, wie amen in der kirche.
30. kurz angebunden sein. (Gr. WB. I. sp. 296: das unbändige, wilde thier kurz anbinden, ihm keinen spielraum zu freier bewegung lassen, daher kurz angebunden proclivis ad iram, von menschen parum affabilis, difficilis.
mit einem anbinden, auch zu kampf und streit. s. ebend.
einen bären anbinden. s. bär.
31. da wirst du schön ankommen, er kam an, wie die sau im judenhaus.
32. sich ein ränzel anmästen.
33. ansehen, s. 17 ich sehe es dir an der nase an.
34. einen in den april schicken oder bloss aprilschicken. (Gr I. sp. 538: „der brauch, unserm alterthum unbekannt, scheint uns erst in den letzten jahrhunderten aus Frankreich*) her zugeführt, ist aber auch dort seinem ursprung nach unaufgeklärt, jedenfalls hängt er mit dem beginn des neuen jahres im april zusammen.)
35. arm. man sagt: ein armer teufel, ein a. schlucker, ein a. luder.

*) K. F. W. Wander, allgem. sprichw. schatz, I. p. 20 sagt: die entstehung des sprichw. „jemanden zum april schicken", fällt zwischen 1610—1643 unter die regierung Ludwig XIII."

36. er ist so arm wie Lazarus. blutarm. so arm, dass er sich nicht einmal einen strick zum hängen kaufen kann. so arm, wie eine kirchenmaus.

37. einem unter die arme greifen.

38. einem den arsch bieten, weisen.

39. mit einem arsch auf zwei hochzeiten sein wollen.

40. der hund reitet auf dem arsch mit ihm.

41. er ist aus Buxtehude, wo die hunde mit dem arsch bellen.

42. sich den arsch zerreissen.

43. wenn dir der arsch nicht angewachsen wäre, du vergässest ihn auch.
(viele andere derbe aber schöne redensarten verzeichnet Gr. unter dem worte.)

44. aus der art schlagen s. schlagen.

45. einen mit ungebrannter asche (d. i. mit dem Knüttel) tractiren, (abbengeln).

46. sich einen ast lachen s. bucklicht.

47. auf und davon s. Gr. I. sp. 604.

48. einem etwas aufbinden = vorlügen.
sich eine ruthe auf den hintern binden.

49. einen aus liebe auffressen, (bei Homer frisst man sich aus hass auf.)

50. aufgedonnert = lächerlich prunkhaft geputzt.

51. er war heut gut aufgekratzt.

52. aufgeräumt d. i. fidel, lustig. Bogumil Goltz sagt: „es ist mit dem leben wie mit dem reisen, die hauptsache zu lustigem reisen ist leichtes gepäck und leichter sinn, also im herzen und im tornister aufgeräumt: heisst die parole.

53. einem etwas aufmutzen. s. Gr. 1. sp. 692 aufmutzen ist zunächst putzen, dann hervorheben, herausstreichen, dann

besonders tadelnd, meist mit dem hintergedanken der niederträchtigkeit.

54. aufschiessen, plötzlich entstehen wie die pilze.

55. aufschneiden = lügen, lügenhaft vergrössern. Gr. erklärt es von dem vorlegen bei tische, auftischen. „unter dem grossen messer hat man sich am ersten das weidemesser zu denken, da bei lustigen jägermahlen prahlerische jagdgeschichten vorgetragen werden." sp. 728.

56. sich aufspielen mit etwas = prahlen, bes. mit kenntnissen.

57. den gaul beim schwanze aufzäumen.

58. er hütet sie wie sein auge; sie ist sein augapfel.

59. was sein auge sieht kann seine hand machen.

60. ein auge zudrücken, être de connivence; zu machen = sterben.

61. etwas im auge haben.

62. ein auge auf etwas haben, werfen.

63. das ist ihm ein dorn im auge.

64. es passt (schickt sich) wie die faust auf's auge.

65. er ist mit einem blauen auge davongekommen.

66. die augen wollen mehr als der magen, sind grösser als der magen.

67. an den augen absehen, auch ansehen. sie that alles, was sie mir nur an den augen absehen konnte.

68. ich habe hinter mir keine augen.

69. der geiz sieht ihm aus den augen, so auch die güte, die dummheit u. s. w. vulgär, aber von hoher poesie, ist das wort, das freilich wir keinem Aristophanes zu gestatten brauchen, den wir nicht haben: der schwanz sieht ihm aus den augen.

70. das land steht auf zwei augen.

71. er gönnt ihm nicht die augen im kopfe.

72. unter vier augen.

73. aus den augen, aus dem sinn [lieb' ohne gesicht, gar bald enzwei bricht.]

74. wie aus den augen geschnitten.

75. grosse augen machen, auch bloss augen machen.

76. einem die augen öffnen.

77. die augen gehen mir auf.

78. sich die augen nach einem ausgucken. über auge s. Gr. 1. sp. 789 fg.

79. etwas ausbaden.

80. du kannst mir den hobel ausblasen. auch: die bohrspäne ausblasen.

81. ein ausgepichter magen. so heisst es: ein gepichter trinker.

82. ein ausgetragener junge ist etwa, wie ein gesunder junge, einer, der haare auf den zähnen hat.

83. die jacke ausklopfen = durchprügeln.

84. aussen beglissen, innen besch.

85. das herz ausschütten, sich vor lachen ausschütten.

B.

86. gegen den backofen gähnen ist ungefähr so viel, als mit grossen herrn kirschen essen.

87. das ist, wie beim bäcker die semmel.

88. einem das bad gesegnen Gr. I. sp. 1070: „wol bekomme das bad! prosit balneum! rief man einsteigenden zu. häufig aber auch in schlechter bedeutung: es übel bekommen lassen."
sp. 1069: „einem das bad richten, rüsten, bereiten, anlassen, aufgiessen hat oft den übeln sinn von einem nachstellen,

falle legen, einen in gefahr stürzen, weil der nackte, wehr-
lose, überfallen, erschlagen werden kann."

89. etwas auf die bahn bringen, in gang bringen, vorbringen;
so auch auf die bahn kommen.

90. verbalhornisieren, ist von dem Lübecker buchhändler
Joh. Balhorn abzuleiten.

91. bange machen gilt nicht.

92. durch die bank.

93. auf die lange bank schieben. Gr. sp. 1108: „frist geben,
das gericht aufschieben, aufschlagen, lässt sich vielleicht als ein sinnliches schieben und zurückschlagen der
gerichtsbänke fassen."

94. einen bären anbinden = schulden machen, bes. dem
wirth die zeche schuldig bleiben. Gr. sp. 296: „soll von
einem bärenführer stammen, der, als er nicht zahlen
konnte, sich aus dem staube machte, und dem wirth den
bären an die thür band."

95. bärenmässig fressen. bärbeissig.

96. ich hab's ihm unter dem bart gesagt; auch: in den bart
sagen. einen ströhernen, flächsenen bart drehen — hinter-
gehen; einem etwas in den bart werfen, reiben; in den
bart brummen, murmeln; er hat sich einen bart gemacht,
kann nicht mehr über den bart spucken, d. i. er ist betrunken; um des kaisers bart streiten oder spielen. (Gr.)

97. er weiss, wo Barthel most holt (ist unerklärt, s. Gr. sp.
1145, wo auf schmutzbartel verwiesen wird. hierher zu
ziehen ist auch wol die redensart: gehst du doch wie
trotzbartel.)

98. hinten drein, wie der Basler bote.

99. damit basta!

100. einem den rücken bauchweich schlagen.

101. zwischen baum und borke.

102. baumstark, baumlang, ein kerl wie ein baum.

103. hunde nach Bautzen jagen (tragen), ist wol so viel als eulen nach Athen tragen; aber woher stammt die redensart? zur bezeichnung vergeblicher arbeit giebt es viele, die hier gleich zusammenstehen mögen: er rupft eine sackpfeife; er schiert einen esel; er holt wasser in einem siebe; er will dem tauben ein liedlein lehren oder predigt tauben ohren; er balgt den nebel: er schifft im winde; er rudert in der luft; er baut auf sand; er hütet flöhe; er klagt sein leid der stiefmutter (apud novercam queri Plaut.); er beichtet dem teufel; er will das eisen schwimmen lehren; er will brot im kalten ofen backen; er sucht im hundestall brot (auch bratwürste); er mästet einen wetzstein; er lehrt den krebs vor sich gehen; er will den wind auf flaschen ziehen; sie streiten u.n kaisers bart; er trägt ablass nach Rom; er fährt sand in's meer; s. noch 114. 140. und a.

104. einem auf die beine helfen. einem ein bein stellen. er hat die beine zu weit durch die hosen gesteckt.

105. er beisst sich lieber einen finger ab (wird vom knauser gesagt.)

106. er hat nichts zu beissen und zu brechen.

107. in einen sauren apfel beissen. ins gras beissen = erschlagen werden.

108. lass dich begraben!

109. das soll Otto Bellmann heissen! (?)

110. hinter dem berge halten. cf. busch.

111. eine sache beschlafen.

112. er bessert sich, wie ein junger wolf.

113. betrübt wie ein lohgerber, dem die felle weggeschwommen sind.

114. einen bettelmannsmantel zusammenflicken.

115. einem den bettelsack vor die thür werfen.

116. ich hab's ihm gemacht, wie saurem biere. man sagt auch: er (es) treibt sich herum, wie sauer bier, worin wol bloss das unnütze tagedieben gemeint ist.

117. bildschön, bildhübsch, und so denn auch, da bild nur noch als verstärkung gefühlt wird: bildhässlich = äusserst hässlich.

118. hinter die binde giessen = trinken.

119. einem etwas auf die nase binden.

120. er kann mehr als birnen braten.

121. blass (bleich) wie der tod; leichenblass, bleich wie asche.

122. er nimmt kein blatt vor den mund, vor's maul.

123. das blatt hat sich gewandt.

124. so weit der himmel blau ist.

125. blauer dunst == nebel, lügen.

126. ins blaue bedeutet ins weite, unabsehliche, nebelhafte. Gr. WB. II. sp. 82.

127. der blaue montag. ein blaustrumpf, eine schriftstellernde dame.

128. du sollst dein blaues wunder erleben.

129. er spricht, wie der blinde von der farbe.
wollen sehn, sagt der blinde, wie der lahme laufen kann.

130. ein blinder Hesse. (warum?)

131. wie ein blitz aus heitrer luft.

132. blitzblank, blitzblau; wie vom blitze gerührt; wie der blitz, blitzschnell (cf. wie das wetter). — blitz! potz blitz! blitzelement! — ein blitzjunge, blitzmädel, blitzkerl. (s. den artikel blitz im WB.)

133. eine **blösse** geben (bieten), vom fechten entlehnt.

134. durch die **blume** sprechen, verblümt.

135. **blumenpfingsten** (um 'n pfingsten?), wenn die böcke lammen.

136. die **blume**, beim wein. hier sei gleich mehrer weinredensarten gedacht. Riehl sagt p. 170 sq. von land und leuten: „die ganze rede des rheingauers ist gespickt mit originellen ausdrücken, die auf den weinbau zurückweisen. man könnte ein kleines lexicon mit denselben füllen. mehrere der landesüblichen, schmückenden beiwörter des weines sind ein gedicht aus dem volksmunde, in ein einziges wort zusammengedrängt. so sagt man gar schön von einem recht harmonisch edlen firnen trank: „es ist musik in dem wein"; ein alter guter wein ist ein „chrysam", ein geweihetes salböl. die „blume", das „bouquet" des weines sind aus ursprünglich örtlichen ausdrücken bereits allgemein deutsche geworden. an solch prächtigen poetischen bezeichnungen für seinen wein ist der rheingauer so reich, wie der Araber an dichterischen beiwörtern für sein edles ross.

aber nicht minderen überfluss hat des rheingauers wortschatz an spöttischen geisselwörtern für den schlechten, aus der art geschlagenen wein, in denen sich der rheinische humor gar lustig spiegelt. im mittelalter ist der schlechte, saure wein, „davon die quart nicht ganz drei heller galt", am rhein „rathsmann" geheissen worden, aber wol schwerlich aus dem unschuldigen grunde, den ein späterer chronist angiebt, wenn er meint: „denn wie viel man dessen trank, liess er doch den mann bei verstand, gleich wie alle rathsleut verständig sein sollen". malerisch anschaulich ist die neuere rheingauische bezeichnung als „dreimännerwein", welcher nur dergestalt getrunken wer-

den kann, dass zwei männer den trinker festhalten, damit
ihm ein dritter das edle nass in die kehle giessen könne.
musikalisch anschaulich klingt der dröhnende „rambass"
für den grobeu, rohen polterer unter den weinen. des
dreimännerweines leiblicher bruder ist der „strumpfwein",
ein gesell von so sauern mienen, dass bei seinem blossen
anblick die grössten löcher in den strümpfen sich von sel-
ber zusammenziehen. der leichte, flaue, milde, charakter-
lose wein, der philister unter den weinen, den man täglich
wie wasser trinkt, läuft als „flöhpeter" mit. dem ober-
deutschen „batzenwein" entspricht der rheingauische
„groschenburger" als der hervorragendste repräsentant
sämmtlicher „kutscherweine".

137. ein junges blut, schönes blut u. s. w. blutarm, blut-
jung (affenjung, kindjung), blutsauer, blutselten, blut-
wenig, blutnackig. s. Gr. WB. II. sp. 195. ein blutsau-
ger = wucherer, der auch halsabschneider heisst. einen
bis aufs blut ärgern, kränken u. dgl.

138. das kind hat einen bock, von dem stossweisen schluch-
zen des eigensinns. s. über bock Gr. WB. II. sp. 207:
„der fluch ,dass dich der bock stosse!' ,dass dich der
bock schände!' gewinnt mythische bedeutung, da der teufel in bocksgestalt und gehörnt gedacht wurde."

139. den bock zum gärtner setzen.

140. böcke melken. was hast du denn noch für böcke zu
melken?

141. einen bock schiessen.

142. bocksteif, bocksbeutel, bocksbeuteleien.

143. einen ins bockshorn jagen. (Gr. „redensart, der man
höheres alter beilegen muss, als sich nachweisen lässt."
„ins bockshorn kriechen, sich vor angst verstecken."
II. sp. 207.)

144. nicht die bohne, so viel als gar nichts. (ähnlich: nicht die laus, nicht die spur, nicht schwarz unter dem nagel.)
145. das sind mir böhmische dörfer.
146. bold s. Gr. WB. unter dem worte. man bildet: witzbold, trunkenbold, raufbold, saufbold, kobold.
147. potz bomben und granaten. da soll eine bombe dreinschlagen.
148. er wird borstig.
149. brandbrief ist nicht mehr ein mit brand drohender brief, sondern — wenigstens in der sprache des studenten — ein mahnbrief.
150. er merkt den braten.
151. speck in butter, speck auf kohlen braten = verschwenderisch leben.
152. nun brat mir aber einer einen storch (aber einen frischmilchenden, hört man wol hinzusetzen).
153. bratwürste im hundestall suchen.
154. braun und blau schlagen.
155. ein brausekopf.
156. über das knie brechen s. abbrechen.
157. der kerl ist ein wahres brechpulver (brechmittel) für mich.
158. das brennt wie eine nessel, wie feuer. das feuer brennt ihm unter den nägeln.
159. er hat ein brett vor dem kopf.
160. darauf will ich dir brief und siegel geben. (hier steht das wort brief seiner ursprünglichen bedeutung breve noch ganz nahe.)
161. er kann mehr als brot essen.
162. er kommt wieder, er ist an's brot gewöhnt.
163. einem das brot vor dem munde wegnehmen.

164. er hat sein gutes brot. das liebe brot s. lieb.

165. euch muss ich den brotkorb höher hängen.

166. unter brüdern.

167. brühwarm.

168. er begiesst mich mit meiner eigenen brühe.

169. brummen = gefangen sein.

170. du kriegst eine ohrfeige, dass dir der kopf brummt.

171. brummbär.

172. er spricht wie ein buch: auch er lügt w. e. b.

173. dich juckt der buckel schon wieder.

174. er lacht sich bucklicht.

175. ein compliment heisst ein „bückling", ein hübsches wortspiel, da es an bücken erinnert und doch von bökeln, pökeln abzuleiten ist.

176. du machst es mir zu bunt.

177. bekannt wie ein bunter hund.

178. einen burzelbaum schiessen, schlagen s. Gr. WB. 2, 554.

179. auf den busch klopfen, schlagen

180. hinter dem busche halten.

181. wer butter isst, scheisst keine knochen.

182. er lässt sich nicht die butter vom brot nehmen.

183. da steht er, wie butter an der sonne.

184. leck mir die buxen (büxen). buxe = hose s. Gr.

C.

185. ein chor der rache.

186. ein consistorialvogel, so heisst die pute.

187. einen coram nehmen.

188. Crethi und Plethi.

D.

189. unter dach und fach bringen.

190. ich werde dir auf's dach steigen, kommen.

191. ein schlechtes wässeriges bier, heisst „klein dachstuben-
bier" (auch hosenbrummer oder puparsch).

192. dahinter kommen.

193. er ist wieder auf dem damm = gesund.

194. drück den daumen, so ruft man einem freunde in ent-
scheidungsvoller lage zu. der daume gilt als ein kleiner
kobold. der abgeschnittene daum eines diebes brachte
glück, daher die redensart: er hat den diebsdaum. s. Gr.
WB. unter daum und diebsdaum.

195. einem den daumen auf's auge setzen.

196. er hat sein decem gekriegt, d. i. seine prügel, seine schelte.

197. sich nach der decke strecken.

198. deckenhoch springen, vor freude.

199. er steckt mit unter der decke, sie stecken unter einer
decke.

200. einen denkzettel bekommen (Gr. WB.: „eine körperlich
fühlbare und lästige erinnerung an ein unangenehmes er-
eigniss.")

201. das war deutsch geredet, (man fühlt dabei die verwandtschaft mit deutlich; ich habe es ihm deutlich genug
gegeben.)

202. was macht der deutsche nicht alles für's geld! dafür
auch: der deuker, deikert. so ist wol auch der deutsche
nur ein euphemismus für teufel.

203. ein deutschverderber. er verdirbt unserm herrgott
sein deutsch.

204. etwas dick kriegen, satt haben.

205 durch dick und dünn.

206. eine dicke freundschaft.

207. das dickste ende kommt nach.

208. man kann bei den leuten von den dielen essen.

209. ich hab' ihm aber gedient.

210. guter dinge sein.

211. in dings da! in dingskirchen, bei dingerichs sagt man, wenn ein name aus dem gedächtniss gefallen.

212. er ist einem doctor durch's zimmer gelaufen, (versteht nichts von der doctorei; ebenso einem apotheker u. s. w.)

213. donnerwetter! nun schlag ein donnerwetter drein! es ist kaum möglich, alle compositionen des worts mit alle, tausend, schock, millionen, blitz, kreuz, himmel, hagel u. s. w. anzuführen, die jägern und unterofficieren geläufig sind. mildernd sagt man: donner-stag und freitag!

214. einem, dem die zeit lang wird, sagt man: nimm sie doppelt.

215. ein böses weib heisst ein drache.

216. drauf wie Blücher!

217. er find't den dreck beim mondenschein.

218. er sieht aus, als wenn er nicht bis 3 zählen könnte. [das ist gar nicht zu hyperbolisch; Forster hat südseeinsulaner getroffen, die allerdings nicht über 5 zählen konnten.]

219. ein dreihaariger kerl. dreihaarigkeit; ein mensch, der so gerieben und abgefeimt ist, dass ihm nur drei haare blieben, doch hat es jetzt mehr die bedeutung eines dickfelligen phlegma.

220. dreimännerwein s. zu blume.

221. in drei teufels namen! auch: in tausend t. n.

222. der kerl ist nicht sechs dreier werth.

223. man hätte für sein leben keinen dreier mehr gegeben.

224. dreist und gottesfürchtig.

225. **drücken sie sich!** ich drückte mich schleunigst.

226. **ein dummer** kriegt in der kirche prügel.

227. **ein dummerjahn.**

228. **sich durchschlagen.**

229. **dusemang**, für das franz. doucemant, aber in der bedeutung modificirt durch den anklang an dusel, hindusseln
und ähnliche, also etwa langsam. — auffallend sind in
der nd. mundart die vielen französischen wörter, z. b.
abs'lutemang, [prat = parat,] kalür (holländ. kleur) = cou-
leur, mankeren, streitparleren, bredal, kuntant = tofreen,
plüm, beck (schnabel) kurusche, resolvent, resolut, schap-
piert = échappé, kaptal, entfam, dei zackermenter (von
sacre nom de dieu), 't is mi malhürt; der teufel heisst in
einem gedichte Fritz Reuters Musch Urian, wo Much =
Monsieur, curjos, upsternat (obstinat), [veninsch von vene-
num? es bedeutet heimtückisch, falsch] u. a. m. „es ist
wahrscheinlicher, sagt jemand, dessen namen ich nicht
notiert habe, dass sie vermittelst des holländischen, als durch
schiffer eingeschwärzt seien.“ Niebuhr glaubt an einen
alten einfluss des lateinischen „dass die Römer, sagt er,
(nachgelass. schriften p. 24.) vom Lech bis an den Rhyn
herrschten, hat die sprache wohl etwas modificirt, und
manche lateinische worte hineingebracht, die man irrig
für französisch und spätere einführung hielt, da sie doch
romana aus der lingua rustica sind.“ p. 43 giebt
er von der Meldorfer singel die etymologie cingulum.
„es bedeutet eine strasse, die als vorstadt ausserhalb der
alten mauern in einer gewissen entfernung concentrisch
mit ihnen, oder mit einem theil derselben umherlief.“ die
ganze frage verdiente wol ein gründliche untersuchung,
die vielleicht Niebuhrs meinung bestätigte. —

E.

230. an allen ecken und enden.

231. einen um die ecke bringen == tödten, e medio tollere.

232. das ei will wieder klüger sein als die henne.

233. wie aus dem ei geschält. er ist erst aus dem ei gekrochen.

234. sie gleichen sich, wie ein ei dem andern.

235. sich um ungelegte eier bekümmern.

236. wie auf eiern gehen. man sagt auch: wie auf jungen hühnern.

237. einem etwas einbrocken.

238. einem etwas einfädeln.

239. einfältig wie eine zwiebel.

240. sich einnisten.

241. eins, zwei, drei, ist's gemacht.

242. du bist ihr eins und alles.

243. er muste es einstecken, z. b. einen dummen jungen.

244. einem die weisheit eintrichtern.

245. sich einvettermicheln.

246. zusammenhauen wie kalt eisen.

247. die elle ist länger als der kram.

248. nicht von schlechten eltern == gut, nicht übel.

249. am ende == vielleicht; es wäre am ende gegangen.

250. das ist das ende vom liede.

251. bis an's ende der welt laufen.

252. da ist noch gar kein ende abzusehn.

253. die engel im himmel singen (pfeifen) hören.

254. es geht ein engel durch's zimmer, sagt man, wenn plötzlich das gespräch verstummt. es ist mit dem engel gewiss der todesengel gemeint, ebenso wie der Grieche bei

seinem ʿΕρμῆς ἐπεισῆλθεν an den Psychopompos denken muste.

255. er sieht aus wie eine ente, wenn's wetter leuchtet (ist betrunken).

256. er hat ein maul wie'n entenarsch.

257. einem die epistel lesen. (auch: die leviten, den text.)

258. aus dem ermel schütteln; sie können mich im ermel lecken cf. buxen.

259. er hat mit dem erpel gehurt, d. i. hat glück.

260. erröthen bis über (hinter) die ohren, bis auf den bauchnabel.

261. du stellst esel und gaul zusammen.

262. wie der esel beim dudelsack.

263. vom krähenden hahn zum esel gehn, d. i. einen gesang hören.

264. er stellt sich an, wie der esel zum lautenschläger.

265. er zittert wie espenlaub.

266. es ist essig damit.

267. eulen nach Athen tragen.

268. er bleibt ewig und drei tage. das dauert eine ewigkeit.

F.

269. ohne zu fackeln. die mutter hat gefackelt.

270. farzen wie eine ackermähre.

271. faul wie die sünde, wie aas, stinkend faul.

272. er hat das faulfieber.

273. das sind faule fische (flausen, schlechte ausreden).

274. auf eigene faust. einem eine faust in der tasche machen.

275. sich ins fäustchen lachen.

276. faxen machen, aus facetiae.

277. fechten, d. i. betteln, bei wandernden handwerksgesellen,

ist wol daher zu leiten, dass die gesellen spöttisch mit abenteuernden rittern verglichen wurden.

278. sich mit fremden **federn** schmücken.

279. den vogel an den **federn** erkennen.

280. darum keine **feindschaft**.

281. einem die **feige** bieten, weisen = ausböhnen. faire la figue.

282. einem das **fell** über die ohren ziehen. das fell gerben.

283. **fersengeld** geben.

284. immer **feste** auf die weste.

285. er ist so **fett**; man muss einen schnaps darauf trinken, wenn man ihn ansieht.

286. er hat sein **fett** gekriegt.

287. **filz** bezeichnet den geiz, die knauserei, auch den geiz-hals. **filzig** = geizig.

288. das wird sich **finden**. das **findet** sich wie das griechische.

289. lange **finger** machen = stehlen.

290. einem etwas durch die **finger** sehen.

291. er hat klebrige **finger** = stiehlt.

292. man kann ihn um den **finger** wickeln.

293. aus den **fingern** saugen.

294. er hat mehr verstand im kleinen **finger**, als ihr alle mit-einander.

295. das ist weder **fisch** noch fleisch.

296. du **fischest** auf dem eise.

297. er hört die **fliegen** husten.

298. ihn ärgert die **fliege** an der wand.

299. zwei **fliegen** mit einer klappe schlagen.

300. er ist **flöten** gegangen (cf. er pfeift auf dem letzten loche).

301. wart, ich werde dir die **flötentöne** beibringen.

302. das war ein gefundenes **fressen**.

303. **fressen** wie ein scheundrescher.

304. er **frisst** den bauer mit sammt dem sack auf.

305. **friss** vogel oder stirb.

306. **Fritze** bezeichnet einen Friedrichsd'or. das colleg wird mit einem Fritzon berappt. man spricht von einem sentimentalen Fritzen, einem quengelfritzen, ferner nach gewerben, z. b. der käsefritze.
307. listig wie ein **fuchs.** **fuchswild.**
308. er weiss den **fuchsschwanz** zu streichen, ist ein **fuchsschwänzer.**
309. mit **fug** und recht.
310. mit **fünf** in die zehn (zähne) dividieren, d. h. einem in die zähne schlagen.
311. er ist das **fünfte rad** am wagen.
312. einen **fünfthalerschein** zu wechseln geben = eine ohrfeige geben.
313. er leckt sich alle **fünf finger** darnach.
314. die blasse **furcht.**
315. er lebt auf einem grossen **fusse;** soll von der mode grosser herrn, schuhe mit mächtigen schnäbeln zu tragen, stammen, die eine zeitlang in Frankreich herrschte.
316. sie leben auf gespanntem **fusse.** wir stehen auf einem guten **fuss** mit einander.
317. er stolpert über seine eigenen **füsse.**

G.

318. er **gähnt,** dass ihm ein fuder heu in's maul fahren könnte.
319. ein **galgenstrick, galgenschwengel.**
320. bitter wie **galle.**
321. eine **gänsehaut** bekommen.
322. im grossen und **ganzen.**
323. ein **ganzer** kerl.
324. ach warum nicht **gar.**
325. einem den **garaus** machen.
326. einen zu **gaste** bitten. cf. 281.
327. altes **gebäude!** altes haus!
328. einen in's **gebet** nehmen.

329. mit g e d u l d und spucke fängt man eine mucke.
330. zu einem untauglichen lehrjungen sagt der meister: g e b nach hause und piss muttern auf die käse.
331. einem in das g e h e g e kommen.
332. wie er g e h t und steht.
333. es g e h t mir schlecht, gerecht und niederträchtig.
334. das g e h t wie der wind, wie das wetter, wie der blitz, wie der teufel, wie geschmiert.
335. er g e h t durch's wasser, durch's feuer für ihn.
336. es g e h t aus wie ein talglicht.
337. da g o h t er hin und singt nicht mehr.
338. es gienge wol aber es g e h t nicht.
339. ein g o i l e r bock.
340. in's g e l a g e hinein.
341. g e l d ist die losung.
342. er frisst (od. dgl.) als wenn es für g e l d gienge.
343. mein g e l d ist auch kein blei.
344. für g e l d und gute worte.
345. ein g e l u n g e n e r kerl.
346. da hört die g e m ü t h l i c h k e i t auf.
347. das g c n i e r t den grossen geist nicht.
348. einem das f e l l g e r b c n.
349. etwas g e r n thun, wie der bauer in den thurm kriecht.
350. ein g e r n e k l u g.
351. er ist mit seinen gedanken im g e r s t e n f e l d.
352. er macht ein g e s i c h t, wie die katze wenn's donnert, oder wie acht tage regenwetter, oder wie sieben meilen schlechter weg.
353. na das g e s t c h' ich!
354. viel g e s c h r e i und wenig wolle.
355. g e s c h w i n d, ehe die katze ein ei legt (od. geschwinn, ihr dei katt ein ei legt un dei bückling lammen).
356. er ist nicht von g e s t e r n.
357. du suchst wol den g e s t r i g e n tag $=$ du weisst wol selbst

nicht, was du suchst. so sagt man, wenn man in einen zu schnellen schritt gerathen ist: wir werden den gestrigen tag doch nicht mehr einholen.

358. ich mach mir kein gewissen daraus.

359. er hat ein gewissen wie ein scheunenthor.

360. bleiben Sie mir gewogen, hat meist die bedeutung von B. 184 und ähnlichen.

361. einen hinter die binde giessen.

362. da kannst du gift drauf nehmen, kannst dich ganz sicher darauf verlassen.

363. das gift ist ihm benommen.

364. sie hat eine giftige zunge.

365. wenn einer dem andern im lichte steht, wird ihm gesagt: dein vater war doch kein glaser.

366. in's gläschen gucken = trinken; er hat zu tief in's gläschen geguckt = ist betrunken.

367. wer's nicht glaubt, giebt acht groschen; auch: wer's glaubt.

368. etwas an die grosse glocke bringen.

369. er weiss, was die glocke geschlagen hat.

370. er sitzt dem glücke im schooss, ist des glückes schoosskind.

371. er ist ein glückspilz.

372. du hast mehr glück als verstand (ein Berliner sagt mildernd: mehr glück als Fer—dinand).

373. das hat mal bei gold gelegen. gold bezeichnet in zusammensetzungen auch das herliche, liebe. ein goldmädel, ein goldjunge.

374. er legt jedes wort auf die goldwage.

375. gott und den teufel in ein glas bannen.

376. sie lassen gott einen guten mann sein.

377. der gottseibeiuns, der leibhaftige, der und jener, der deikert. s. auch D. 202.

378. er steht schon mit einem fuss im grabe.

379. eine grabesstille. verschwiegen wie das grab.

380. er hört das gras wachsen (scit quomodo Juppiter duxerit Junonem).

381. in's gras beissen. — cf. Hom. $\dot{o}\delta\grave{a}\xi$ $\H{e}\lambda ov$ $o\ddot{v}\delta a\varsigma$. — Eurip. $\gamma a\overline{\iota}av$ $\dot{o}\delta\grave{a}\xi$ $\dot{\epsilon}\lambda\acute{o}v\tau\epsilon\varsigma$.

382. da ist gras drüber gewachsen, es ist langé her, gewöhnlich von einer übelthat, deren entdeckung nun nicht mehr gefürchtet wird.

383. grasaffe, grasteufel. in dem ersteren steht affe doch auch wol euphemistisch für teufel. der teufel ist der affe gottes, er hat menschen in nachäffung gottes schaffen wollen und schuf den affen, sich zum bilde.

384. das lässt sich mit händen greifen. — ein greifenberger = dieb.

385. er grient, greint (grinset) wie ein octoberfuchs.

386. grillen fangen.

387. er hat grips (von greifen) = fassungsvermögen, verstand.

388. grob wie bohnenstroh, wie mist, sackgrob.

389. er ist ein grobian, cf. dummerian, lüderian.

390. er ist auf seines grossvaters hochzeit gewesen, eine köstliche redensart zur bezeichnung eines erzklugschmuss.

391. von grund und boden aus verdorben.

392. mit grund setzt man adjectiva zusammen, um den begriff zu verstärken: grundehrlich, grundfaul, grundgelehrt, grundheidnisch, grundlüderlich, grundgescheut.

393. ein grüner, grünnäsiger junge, ein grünschnabel, er ist noch grün hinter den ohren.

394. grün vor neid, lividus.

395. er wohnt bei mutter Grün, d. h. im freien, hat keine wohnung.

396. grüner denn gras.

397. ein grützkopf. grützdämlich.

398. durch die gurgel jagen.

399. ein mensch aus einem gusse.

400. gut und blut.

401. ein guter mensch, er frisst keine talglichte, od. er frisst keine schuhwichse, sagt man, wenn man eben nichts besonders gutes von einem aussagen kann.

H.

402. sie wollen kein gutes haar an ihm lassen.

403. er hat ein haar darin gefunden, ist von speisen übertragen auf allerlei thätigkeit = es ist ihm verekelt.

404. er kann nicht dafür, dass die frösche keine haare haben.

405. er hat mehr schulden, wie haare auf dem kopf.

406. der kerl hat haare auf den zähnen.

407. es soll dir kein haar gekrümmt werden.

408. ich lasse mir keine grauen haare darum wachsen.

409. er hat haare lassen müssen.

410. sie liegen sich stets in den haaren.

411. das hing an einem haar, auch an einem seidenen faden.

412. bei einem haar = es fehlte ganz wenig daran.

413. an (mit) den haaren herbeiziehen.

414. haarklein erzählen. haarscharfe distinctionen.

415. sich einen haarbeutel kaufen oder einen haarbeutel haben = betrunken sein.

416. haarspaltereien.

417. ich sehe ihn lieber mit den hacken als mit den zehen.

418. es sticht ihn der hafer, ist ihm zu wohl, er ist übermüthig.

419. ein hagebüchener kerl, witz u. s. w. in Berlin hört man hambüchen. dieses ham für hag (wald) stellt sich zu hambutte für hagebutte, Hamburg für Hageburg = Waldburg, wie es ein Hagenow giebt. Hagenow erinnert an Hanau; man hört nämlich auch hänebüchen.

420. er ist hahn im korbe.

421. einen hahnenkreih weit cf. hundeblaff.

422. bis über den hals in schulden stecken, in der tinte (ver-
legenheiten, unglück) sitzen.

423. ein halsabschneider = wucherer.

424. er hält viel auf ihn.

425. er lässt sich halten.

426. einem etwas an die hand bieten, geben.

427. das ding (auch eine rede) hat hand und fuss.

428. die hand wird ihm aus dem grabe wachsen, heisst es von
einem undankbaren kinde, bes. dem, das sich thätlich an
die eltern vergreift.

429. die hand (hände) in den schooss legen.

430. hand vom sack! 's ist hafer drin.

431. hand anlegen, hand an's werk legen.

432. wie man die hand umkehrt.

433. auf händen tragen.

434. nach der hand od. kurzer hand übersetzt steif das brevi
manu des canzleistils.

435. unter der hand verkaufen.

436. handel und wandel.

437. er hat hanf gefressen und scheisst stricke.

438. mit hängen und würgen, mit genauer mühe.

439. er ist Hans in allen gassen. Hanswurst. Hansarsch. Hans
Hasenfuss. Hans Dampf. Hans Liederlich.|

440. einem die happen (bissen) in den mund zählen. er ist
krank, die kleinen happen wollen ihm nicht schmecken.

441. ich will dir zeigen, was eine harke ist.

442. da liegt der hase im pfeffer.

443. es ist ihm ein hase über den weg gelaufen.

444. lateinische hasen.

445. ein schlechter bezahler sagt: schulden sind ja keine hasen.

446. das ist ja keine hasenjagd, läuft ja nicht davon, hat
keine eile.

447. unter die haube bringen, ein mädchen verheirathen.

448. das ist nicht gehauen und nicht gestochen. wie ist die redensart zu erklären?
449. altes haus! cf. gebäude.
450. er hat einfälle, wie ein altes haus.
451. er ist gleich aus dem häuschen (ganz ausser sich.)
452. das haut nicht aus = reicht nicht. über die schnur hauen = über die stränge schlagen.
453. ich möchte nicht in seiner haut stecken.
454. es ist um aus der haut zu fahren.
455. eine gute, ehrliche, biedere, treue, fidele haut.
456. einen heben = trinken.
457. durch die hechel ziehen, durchhecheln; man sagt auch durch die bank ziehen (nämlich die hechelbank.)
458. hegen und pflegen.
459. immer heiter auf der leiter.
460. am hellen lichten tage. in hellen haufen (?)
461. ein heller kopf. ein heller junge.
462. heller als die sonne.
463. das hemd ist mir näher als der rock.
464. wer weiss, wo hengst ist, wenn gras wächst.
465. sich an jemand heranmachen, heranschmeissen, werfen.
466. einen herunter machen, herunterreissen.
467. das herz fällt ihm in die hosen (nd. dat harte fallt em in de buxen.)
468. das herz lacht einem im leibe (im bauche).
469. das herz auf dem rechten flecke haben.
470. herzensgut u. s. w., ebenso seelensgut (wo das s wol nur aus analogie zu herzensgut entstand). Gr. WB. vorr. sp. XXV: „man kann den gen. herzens oder leibes, und so fast jeden andern, einer unzahl von substantiven oder adjectiven voraussenden, mit welchen sie nun zusammen erscheinen, während in gleicher lage das lateinische cordis und corporis stets unangeheftet bleibt; die aufzählung solcher zusammensetzungen im wörterbuch zeugt von keinem

reichthum unserer sprache, bloss von einem zwang, der ihrer syntax angethan wird." — aus herzens grunde, nach herzens lust, aus leibes kräften wäre also besser zu schreiben.

471. er hat geld wie heu, auch wie mist.
472. er liegt wie der hund auf dem heu.
473. heularsch.
474. der himmel hängt voller geigen.
475. er sieht den himmel für eine bassgeige an, auch für einen dudelsack.
476. er sah schleifkannen am himmel.
477. er ist aus seinen himmeln gefallen.
478. mir wurde himmelangst.
479. er betheuerte es mir himmelhoch, er vermass sich h.
480. ein himmelschreiend unrecht.
481. er verhimmelt.
482. du lieber himmel! das weiss der himmel.
483. sich hineinreiten (ins unglück).
484. hinfallen wie ein bund flicken.
485. er kriecht ihm in den hintern (vor lauter ergebenheit).
486. er bricht seine finger im hirsebrei.
487. das hat nicht hoch gelegen (ist gestohlen).
488. hocuspocus ist entstanden und das wort mit seiner jetzigen bedeutung die beste satire auf die transsubstantiation, aus hoc est corpus (meum).
489. hol dich das wetter, der kukuck, der geier, der henker, der teufel, der und jener, der schinder.
490. einem die hölle heiss machen.
491. er ist immer holzäpfelchen oben auf.
492. ihm kälbert der holzschlägel auf dem speicher.
493. du bist auf dem holzwege.
494. honig um's maul schmieren.
495. an euch ist hopfen und malz verloren cf. taufe.
496. dass einem hören und sehen vergieng.
497. das lässt sich hören.

498. ich weiss es nur vom hörensagen.
499. einem die hörner weisen.
500. sich die tollen hörner ablaufen, abstossen.
501. einem hörner aufsetzen, zum hahnrei machen (?)
502. einem die hosen aufbinden = wegjagen. Gr.
503. die hosen anhaben, sagt man von einer frau, die das regiment im hause führt. die h. strammziehen.
504. er ist dem starken mann sein hosenknopf.
505. einen huckback, huckpack tragen.
506. es kräht weder huhn (auch: hund) noch hahn darnach.
507. er sieht aus, als hätten ihm die hühner das brot genommen.
508. das wird mir kein huhn herauskratzen.
509. die hülle und fülle.
510. die hunde werden sich um den schatten beissen, d. h. es wird sehr heisses wetter.
511. er lebt wie ein hund, es geht ihm hundserbärmlich.
512. er ist auf den hund gekommen.
513. damit lockt man keinen hund vom ofen.
514. wenn — der hund nicht geschissen hätte, hätte er den hasen gefangen.
515. den hund an eine bratwurst binden.
516. der knüppel liegt beim hund.
517. sie leben wie hund und katze mit einander.
518. er ist mit allen hunden gehetzt.
519. da liegt der hund begraben.
520. ich hab's ihm gemacht, dass kein hund ein stück brot von ihm nehmen wird.
521. einen hundeblaff weit.
522. du kommst aus dem hundertsten in's tausendste.
523. er kann vor hunger nicht kacken.
524. hungerpfoten saugen.
525. es ist ihm unter dem hute nicht richtig.
526. die Deutschen sind schwer unter einen hut zu bringen.

I. J.

527. „ih na!" sagt man im nd. bereich, um etwas ungläubige verwunderung auszudrücken, in Sachsen hört man „ei lieber gar", und iche (ih je? ih ja? ih jemine?) am Rhein: „das soll wol sin." der Berliner sagt: „is et die möglichkeit?" „ih, wat Se sagen?" „na so wat lebt nich!"

528. geputzt, wie ein jahrmarktsochse, pfingstochse.

529. jahraus — jahrein.

530. herr jemine (Jesu domine).

531. jo nich sehn!

532. Judaskuss.

533. er kam an, wie die sau im judenhaus,

534. ein lärm, wie in einer judenschule.

535. ein alt judenweib beschneiden, ist so viel wie böcke melken.

536. das mädchen kommt aus Jüterbogk, das hemd ist länger als der rock. (?)

Ich will bei dieser gelegenheit noch einige spottwörter auf einzelne orte erwähnen. jeder Berliner kennt den reim:

> Berliner kind,
> Spandauer wind,
> Charlottenburger pferd
> Sind alle drei nichts werth.

wenn der gemeine mann sich ohne taschentuch mit daumen und zeigefinger abschneutzt, so heisst das „ein Charlottenburger," ein erbärmlicher wein heisst „Grüneberger," ein fauler witz ein „Kahlauer" (entstellung aus Calembourg). das gegentheil eines „Nassauers" ist (darum keine feindschaft) ein „Potsdamer". was die hunde in „Buxtehude" thun, ist aus No. 41 zu sehen. die handwerksburschen haben einen fechtspruch: „wir kommen aus Danzig, und sind unser zwanzig." aus „Posemuckel," aus „Meseritz" zu sein, gilt als schimpfwort. in Mecklenburg ist „Teterow" in dem renommé des Schöppenstädt, Schilda, Kahlenberg. Riehl sagt in seinem schon erwähnten buch von land und leuten p. 144: „in dem, von der natur wie von der politik so viel vernachlässigten Pommern, machen sich die verschiedensten städtchen in volkssprüchen und spitznamen über ihre armuth lustig, wenn sich vordem boote von Wollin, Cammin oder Gollnow auf der Oder begegneten, so eröffneten sie ein kleines gefecht mit wasserspritzen gegeneinander und die Wolliner wurden dabei als „stintköppe" begrüsst, die Camminer als „plunderköppe" die Gollnower als „pomuffelsköppe", aber „Plump aus Pommerland" hält darum doch fester zusammen, als die mitteldeutschen leute, die grossentheils gar nicht den humor mehr haben, sich gegenseitig zu bespotten. den kreisen Bütow und Rummelsburg sagt man in Pommern nach, sie hätten gemeinsam nur eine lerche, die des morgens in Bütow, des nachmittags in Rummelsburg sänge. „In Peucun hängt der hunger up'm thun." „in Greifswald weht der wind so kalt." „Massow — was so — is so — und blüwt so." „in Nörenberg haben die krebse die mauer abgefressen." „Jacobshagen — schaokopshagen." „in Ball wohnen die schelme all." „wer sienen puckel will behullen heel, de heed (hüte) sich vor Loabs und Strameehl; wer sienen puckel will hewwen .vull, de goh noah Regenwull."

ein pommersches sprichwort ist: er hat sienen egnen kopp, as de rügenwollschen gäus' (s. p. III.). ich bin öfter mit der post durch Kyritz gefahren, und jedesmal rief beim anblick der stadt ein mitreisender: „o Kyritz, o Kyritz, mein vaterland!" wer weiter in die welt hinausgekommen ist, wird leicht einige dutzend ähnlicher spöttereien hinzufügen können.

K.

537. er sitzt hinter dem ofen und kackt kien.

538. das kakelnestchen oder nestquakelchen ist das jüngste kind, das in der regel verzogen wird.

539. er glotzte mich an, wie ein gestochen kalb.

540. kalender machen, soviel als grillen fangen.

541. kalt blut! (etwa sachte! nicht so hitzig!) kalt blut und warm angezogen, heisst es auch.

542. kalt machen = todtschlagen.

543. das ist alles über einen kamm geschoren, über einen leisten geschlagen.

544. geld auf die hohe kante legen, soviel wie es sparen, sich ein vermögen erwerben. zu denken ist an die gesiegelten rollen.

545. karnickel hat angefangen.

546. den karren in den dreck schieben.

547. in die karten gucken, sehen, blicken. eine abgekartete sache.

548. ein kasserollbursche ist eine köchin.

549. du Dreikäsehoch, drei käse hoch.

550. er muss ihnen immer die kastanien aus dem feuer holen.

551. er hat die laufende Katharine.

552. es ist zum katholisch werden. Heine singt:

> der schmerz verdumpft den heitern sinn
> und macht mich melancholisch,
> nimmt nicht der traurige spass ein end'
> so werd' ich am ende katholisch.

553. die katze oder öfter der kater bezeichnen die stimmung nach einem trinkgelag. er hat einen furchtbaren katet (ob aus katarrh zu erklären?) er hat einen moralischen katzenjammer. ein moralischer besteht aus reue, guten vorsätzen und geldmangel. — die katze zum schmerlait machen.

554. er geht wie die katze um den heissen brei.
555. die katze im sack kaufen.
556. er muss die katze über's wasser tragen.
557. das ist kein katzendreck, d. h. keine kleinigkeit.
558. sie war katzenfreundlich.
559. man brachte ihm eine katzenmusik.
560. es ist nur ein katzensprung, d. i. nicht weit.
561. einem das katzentischchen decken, auch trompetertisch.
562. ein närrischer kauz. wir Deutsche sind ganz eigene käuze. es muss auch solche käuze geben.

    Göthe sagt (27, 85.) „wenn man auch vor seiner nation so stehen und sie persönlich belustigen dürfte! wir geben unser bestes schwarz auf weiss: jeder kauzt sich damit in eine ecke und knopert daran wie er kann. p. 137 das ist freilich etwas anderes, als unsere kauzenden, auf kragsteinlein über einander geschichteten heiligen."

563. der kehraus ist der letzte tanz.
564. du hast noch viel auf dem kerbholz.
565. vor fremder thüre kehren.
566. er hat einen guten kehrmichnichtsdaran.
567. du kiekindiewelt! (bei Parchim heisst ein ort, der erhöht liegt „kiekindemark").
568. er ist wie ein kind im hause.
569. sie freute sich wie ein kind.
570. sie weinte wie ein kind.
571. das kind beim rechten namen nennen.
572. das kind mit dem bade ausschütten.
573. du bist ein kind des todes.
574. von kindesbeinen an.
575. wenn das Kind neugierig ist, oder dinge fragt, die es nicht wissen darf, so sagt die mutter „es sind kinderfragen drin" — „heute essen wir kinderfragen" u. dgl.
576. die kinderschuhe austreten. cf. knabenschuhe.
577. du kommst, wenn die kirchweih vorbei ist (post festum).

578. dich werden sie schon kirr machen, kriegen. das wort
wird sich für den komischen stil ohne anstoss verwenden
lassen, aber abscheulich singt ein gewisser Schuster:
>   Leihe, leih' mir deine list
>   bis sie kirr geworden ist!

579.   ç zusammenhaltende gesellschaft von dreier (oder
auc.   1 mehren) heisst ein „kleebatt," doch in ta-
delndem sinn.

580. klein beigeben Gr. I. sp. 1371: „scheint vom spiel ent-
nommen, wenn man eine geringe karte zuwirft."

581. in der klemme sein.

582. einem wie eine klette anhangen.

583. ein klotz, ein grober klotz.

584. ich kann daraus nicht klug werden.

585. ein klugschmuss, ein klugscheisser, er will über
alles klugscheissen.

586. die knabenschuhe austreten, ablegen.

587. er muste knall und fall aus dem hause, (gleich nach der
entdeckung. man denkt nicht mehr an den schuss und
und den fall des thieres.)

588 von grellen farben sagt man sie knallen. auch: sie knallt
mit den augen.

589. er geht zu bruder knapphans in die küche.

590. einem ochsen in's horn kneipen.

591. eine kneipe ist stud. ein bierhaus; er ist bekneipt = betrunken; das fest schloss mit einer grossartigen kneiperei.

592. übers knie brechen.

593. ein knirbs.

594. du sollst deine knochen im schnupftuch nach hause tragen.

595. sich knüppeldün, knüppeldick fressen.

596. der knüppel (knüttel) liegt beim hund.

597. er kohlt, macht kohl, soviel als schwatzt dummes zeug.

598. kohlrabenschwarz.

599. aufgewärmter kohl.

600. er hat einen koller.

601. ich komm' dir eins, komm' dir die blume. den rest u. s. w. =
zubringen, zutrinken. der so begrüsste sagt: ich komm'
dir nach.

602. er hat einen korb bekommen. woher die re⌐ ⌐t?

603. ein offener, heller kopf.

604. er hat den kopf auf der rechten stelle.

605. er hat den kopf verloren.

606. er ist nicht auf den kopf gefallen.

607. ich werde dir auf den kopf kommen. cf. dach 190.

608. ich wusste nicht mehr, wo mir der kopf stand.

609. das wird ja nicht gleich den kopf kosten.

610. einen kopf kürzer machen = köpfen.

611. einem ein schimpfwort an den kopf werfen, z. b. einen
dummen jungen.

612. einem den kopf zurecht rücken.

613. du kannst dich auf den kopf stellen. (du erhälst es
doch nicht.)

614. kopf weg!

615. er wendet mehr auf den kragen als auf den magen.

616. das passt nicht in seinen kram. s. auch elle.

617. er ist krank, die kleinen happen wollen ihm nicht munden.

618. krank wie ein huhn, viel fressen und nichts thun.

619. die ganze woche krank und sonntag nicht zu begraben.

620. sich krank lachen.

621. Moritz Hartmann, erzähl. e. unstäten I. 45: „ich reise nie
ohne vorräthe; man kann nicht wissen, man fährt über
ein hungrig kraut."

622. wie kraut und rüben.

623. den krebsgang gehen. den buchhändlern heissen die
zurückkommenden verlagsartikel krebse.

624. was da kreucht und fleugt.

625. zu kreuze kriechen. Friedrich (verfasser der satirischen
feldzüge) sagt: „der ausdruck zu kreuze kriechen scheint

erst in neuerer zeit eingeführt zu sein, wo mancher durch
kriechen zum kreuze gelangt ist."

626. kreuzlahm, im kreuze vom vielen gehen steif, aber
über kreuz lahm ist der, der z. b. den linken arm und
den rechten fuss nicht brauchen kann. kreuzfidel, —
vergnügt.

627. krokodilsthränen weinen.

628. es ist ihm in die krone gestiegen.

629. einem die krone abstossen, ihn beleidigen.

630. etwas krumm nehmen, z. b. wer gerade ist, dem wird
vieles krumm genommen.

631. das kann eine blinde frau mit dem krückstock fühlen.

632. ja kuchen. ebenso ja prost mahlzeit.

633. ein küchendragoner, eine massive köchin.

634. küchenlatein, apothekerlatein.

635. sich vor lachen kugeln.

636. kugelrund.

637. man wird alt wie 'ne kuh und lernt immer dazu.

638. wie die kuh vor dem neuen thor stehen.

639. wie kommt kuhdreck an den balken, d. i. wie kommt
so niedriges volk in so hohe stellen?

640. hol dich der kukuck. zum kukuck. dem kann der kukuck
nachpfeifen.

641. kunterbunt.

642. kuranzen, koranzen (von coram?)

643. über kurz oder lang.

644. kurz und gut.

645. er ist zu kurz gekommen.

646. er hat den kürzern gezogen.

647. küss mich, wo ich schön bin.

L.

648. auf die lampe giessen = trinken.

649. mir wird die zeit lang.

650. es ist zum sterben langweilig.
651. durch die lappen gehen, laufen.
652. die lärmtrommel rühren.
653. lass es bleiben. (nd. 't kan ok näbliwen.)
654. lass ihn laufen, kümmre dich nicht weiter um ihn.
655. da hört mein latein auf, da bin ich mit meinem latein zu ende.
656. lateinische hasen fangen.
657. einem mit dem laternenpfahl winken.
658. er lauert, wie der teufel auf eine arme seele.
659. er weiss darauf zu laufen.
660. laufen wie die bürstenbinder, wie ein fassbinder, wie ein windhund.
661. er sitzt, wie die laus zwischen zwei daumen.
662. einem eine laus in den pelz setzen; man sagt auch: ich bin es überdrüssig, ihm die läuse aus dem pelz zu suchen, d. h. unerquickliche arbeit ohne dank zu leisten. ähnlich dem erstern ist: einem einen floh in's ohr setzen.
663. frei von der leber weg sprechen.
664. es ist ein puppenleben.
665. leben und leben lassen.
666. wie er leibt und lebt.
667. er lebt und webt darin.
668. er lebt wie ein türke; wie gott in Frankreich; wie ein edelmann. — wie ein hund.
669. na so was lebt nicht. s. no. 527.
670. Sie können mir den zucker vom kuchen lecken cf. ermel.
671. ich werde euch lebensart lehren s. auch mores.
672. er hat lehrgeld gegeben.
673. lass dir dein lehrgeld (schulgeld) wiedergeben.
674. bei leibe nicht.
675. bleibe mir zehn schritt vom leibe.
676. etwas am leibe haben, z. b. er hat einen riesigen schritt am leibe. der kerl hat nichtswürdige redensarten am leibe.

677. aus leibes kräften s. zu no. 470.

678. leichenblass.

679. er sieht aus wie eine leichenpredigt.

680. einen leimen = blamieren.

681. zieh' deine leine.

682. über einen leisten geschlagen.

683. sich in die leute schicken.

684. er liess die leute reden, da es die gänse nicht können. (nd. man mütt dei lür spreken laten, dei gäns' känen't nich.)

685. einem die leviten lesen.

686. nun geht mir ein licht auf. (ein seifensieder, sagt man in Berlin, wie überhaupt der Berliner gross ist im gallimathias.)

687. einem im lichte stehen. hinter's licht führen.

688. lieb dient fast als possessivpronomen in eigenthümlich deutschen verbindungen: der liebe gott, der liebe himmel, der liebe lange tag, die liebe lange nacht, die liebe sonne, die lieben kinder, das liebe vieh, das liebe brot, das liebe gut (von speisen), das liebe leben, du lieber gott, du lieber himmel, zur bezeichnung des mitleids; ja sogar mit wunderbarem humor, die liebe noth, das liebe leiden. eine dame fuhr einmal ihre kinder an: ihr stürmt ja die treppe herunter, wie die lieben jagdhunde.

689. sie lieben sich zum auffressen.

690. das ist das alte lied, er singt das alte liedchen; immer die alte leier.

691. das ist das ende vom liede.

692. davon kann ich ein liedchen singen.

93. es liegt mir auf der zunge.

694. du bist heute gewiss mit dem linken bein zuerst aufgestanden, fragt man einen verdrüsslichen.

695. er redet ein loch durch einen brief. ein spruch von Friedrich Petri (c. 1600) lautet:

es sind manches wort so stark und tief,
dass er ein loch redet durch einen brief.

696. er säuft wie ein **loch**. Geibel in dem liede vom lustigen musikanten: „die musikantenkehle die ist als wie ein **loch**.

697. im **loche** stecken = gefangen sein, brummen.

698. **loden** heissen alte zerbrauchte kleider; weiber sprechen von ihrer kledage, einem fummel, der fahne, der schabracke.

699. er hat die weisheit mit **löffeln** gefressen; auch die frömmigkeit u. s. w.

700. was ist da **los**? was nicht angebunden ist, erhält der neugierige zurück.

701. do is nix bi **los** = das schadet nichts, ist mir gleichgiltig.

702. es stinkt wie **luder**. luder ist auch schimpfwort wie aas.

703. ein **lüderian**.

704. von der **luft** leben.

705. rein aus der **luft** gegriffen.

706. **luftschlösser** bauen (châteaux en Espagne).

707. **lug** und trug.

708. er **lügt** wie gedruckt, wie ein buch, er lügt, dass sich die balken biegen, stein und bein, toller als zehn pferde laufen, das blaue vom himmel herunter. das lügst du in deinen hals hinein.

709. ein **lump**, ein **lumpenhund**.

710. er merkt **lunte**.

711. **lustig** wie ein maikäfer.

M.

712. es **macht** sich, es geht leidlich. ich **mache** mir nichts daraus. er **macht** sich aus dem staube, auf die socken u. s. w. worin **machen** Sie? er **macht** in tuch.

713. den kerl hab' ich im magen, kann ihn nicht leiden, hab' ihn satt, hab' ihn dick.

714. ja prost mahlzeit!

715. an den mann bringen, entweder von einem mädchen, sie verheirathen, oder soviel als durchbringen. in einem jahre hatte er sein ganzes vermögen an den mann gebracht.

716. männchen machen.

717. er trägt den mantel nach dem winde, ist ein mantelträger.

718. was nutzt mir der mantel, wenn er nicht gewickelt (gerollt) ist?

719. auf St. Martini, wenn die störche kommen, cf. pfingsten.

720. die masse muss es bringen.

721. ein gottloses, ungewaschenes maul.

722. einem über das maul fahren, ihm das maul verbieten, ihm das maul schliessen, stopfen.

723. maul und nase aufsperren.

724. er hat sich das maul verbrannt (unbesonnen und zu seinem nachtheil gesprochen).

725. ein grossmaul.

726. er mault, hängt das maul.

727. maulaffen feil haben zeigt die verwandtschaft von affen und gaffen = hiare, auch gähnaffe. s. Gr. WB. unter affe.

728. es war keine maus da, nicht eine maus von einem deutschen menschen, sagt E. M. Arndt; man sagt auch keine katze.

729. mäuschenstill.

730. wie der mäusedreck beim pfeffer. „es will je (immer) der mäusemist unter dem pfeffer sein." Luther.

731. er macht sich sehr mausig.

732. dass dich das mäuslein beiss.

733. die schwere menge. ich habe eine schwere menge geld verprocessiert.

734. das messer sitzt ihm an der kehle.

735. gute miene zum bösen spiel machen.
736. es ist muss wie miene (?)
737. wenn den kindern das hemd aus den hosen sieht, so heisst das ein „miethszettel".
738. das kommt wie bei alten weibern die milch.
739. sie ist wie milch und blut.
740. wie du mir so ich dir.
741. mir nichts dir nichts.
742. das ist nicht auf seinem mist gewachsen.
743. in jedem miste rühren.
744. mistnass.
745. dir wird mohr was machen. das heisst mohren weiss waschen.
746. er regnet wie mit mollen (mulden); bezeichnet heftigen platzregen.
747. ein mondkalb.
748. eine kahle platte heisst ein mondschein.
749. er ist zehn meilen hinter mondschein zu hause.
750. moos bezeichnet dem studenten geld. ist kein moos in schränken, ist doch pump in schenken.
751. ich amüsierte mich wie mops im tischkasten.
752. mord und todtschlag, steht für eine tolle zänkerei.
753. ein mordskerl.
754. ich werde euch mores lehren.
755. er hat Moses und die propheten = er hat geld.
756. Möser's ruh heisst in Berlin das schuldgefängniss.
757. du kriegst die motten! ausruf der verwunderung.
758. mottenkopf heisst man freundlich scheltend einen geweckten jungen, der dumme streiche aussheckt.
759. er hat so seine mucken.
760. eine mücke führt's auf dem schwanz über den Rhein.
761. mücken seigen.
762. s. 329.
763. das ist wasser auf seine mühle.

764. beim durcheinandertanzen der schneeflocken sagt man: die müllergesellen schlagen sich.

765. ein mummelack oder mummelsack ist eine schwarze gewitterwolke. man schreckt die kinder damit. das wort stellt sich zu vermummen, verhüllen; ich war bis über die ohren in's bett eingemummelt.
„mummelack ist gewöhnliche Berliner ausdrucksweise. einen ähnlichen führt Grimm an, Mythol. p. 473 und deutet ihn ebenso, pöpel ist was sich puppt, vermummt, einhüllt; im Hennebergischen heisst eine dunkle wolke pöpel, es ist der begriff von larve und tarnkappe." W. Schwartz.

766. reinen mund halten.

767. von mund zu mund.

768. er kann den mund nicht aufthun.

769. du kannst dir den mund fusselig reden.

770. du kannst reden bis dir der mund hinten steht.

771. aus der hand in den mund leben.

772. er kommt aus dem musstopf.

773. sein müthchen kühlen, d. i. seinen muth an etwas abkühlen. muth ist aber noch nicht zu der enge des heutigen begriffs gelangt, es ist gemüth, gesinnung, lust, absicht. am besten unterrichten die composita wie an-muth, demuth, weh-muth, an-muth, über-muth, miss-muth, frei-müthig.

774. mutterseelenallein.

N.

775. seine nachbarn sind schlecht gerathen, er muss sich selbst loben.

776. „was einfältiger als einfältig ist, das nennen wir heute noch „unter dem nachtwächter," gleich als ob dieser von amt's wegen der einfältigste man im orte sei." Riehl p. 100.

777. einem auf dem nacken sitzen.
778. er hat den nagel auf den kopf getroffen.
779. er thut nichts, ehe ihm nicht das feuer unter den nägeln brennt.
780. das ist ein nagel zu meinem sarge. an den nagel hängen.
781. er hat einen nagel im kopf, dünkt sich was.
782. er hat einen narren an mir gefressen, ist mir närrisch gut, ohne dass ich's verdiene oder will. die erklärung der redensart kann ich auch hier nicht geben. vielleicht liegt eine mythologische beziehung zu grunde.
783. einen am narrenseil führen.
784. einen an der nase herumführen, auch bloss nassführen.
785. seine nase in jeden dreck stecken.
786. die jungen tanzen ihm auf der nase herum.
787. du hast auf der nase getanzt.
788. steck die nase in die bücher.
789. eine nase bekommen, er muste mit langer nase abziehen. der beschämte zieht das gesicht in die länge, man könnte also wol daher leiten, er kriegt eine lange nase. es mag aber auch sein, dass ein alter volksgebrauch dem ausgespotteten wirkliche nasen von wachs andrehte. eine darstellung des winters, ein mit stroh umwickelter mann, erhielt eine lange nase um ihn der winterlichen göttin Holla ähnlich zu machen. Luther sagt: Frau Hulda mit der Potznasen hengt um sich den strohharnss (strohharnisch). so hat auch der regen eine lange nase. s. Liebrecht, Gervas. Tilb. p. 188.
790. immer der nase nach gehen. die nase lang.
791. kindern droht man scherzhaft: wart, du sollst über die nase sehn und barfuss zu bette gehn.
792. dem kinde, das fleisch verlangt, sagt man: fass an deine nase.
793. wenn er nur an seine eigene nase fassen möchte, (und sich nicht um andere kümmern.)

794. naseweiss, richtiger nasewei zu schreiben, da es bedeutet weise bis in die nasenspitze. eben so falsch ist einem etwas weiss machen, aber nicht mehr auszurotten.

795. nass wie eine gebadete katze, wie ein begossener pudel, quatschnass, pitschnass, mistnass.

796. der blasse neid. s. grün.

797. das muss ihm der neid lassen.

798. neidisch wie ein hund.

799. ein nestquakelchen.

800. das nest bezeichnet das bett, auch eine kleine stadt.

801. na so muss't kommen, sagt Neumann.

802. seine sache auf nichts stellen.

803. daraus wird nichts.

804. am nimmerleinstag, wann die eulen bocken.

805. er wohnt überall und nirgends.

806. nach noten, z. b. es giebt prügel nach noten.

807. es kommt ihm auf eine hand voll noten nicht an.

808. die schwere noth. als fluch, ursprünglich euphemistisch für epilepsie. das weiss die schwerenoth. zum schockschwerenoth u. ähnl.

809. einem nüsse zu knacken aufgeben.

O.

810. es ist ihm im oberstübchen nicht richtig.

811. er hat oberwasser (von der mühle hergenommen).

812. da stehn die ochsen am berge.

813. ochsen heisst stud. arbeiten, lernen; auch büffeln.

814. ochsig = gross, gewaltig.

815. es ist ein ofen hier, wird gesagt, wenn jemand zugegen ist, wegen dessen man ein gewisses gespräch abbrechen muss. cf. die wände haben ohren.

816. in einen kalten ofen blasen. s. 103.

817. er glänzt wie ein ofenloch.

818. ein offener kopf.
819. nun ist Polen offen.
820. das ist nicht ohne.
821. die ohren steif halten.
822. er hat's hinter den ohren, gewöhnlich faustendick.
823. schreib dir's hinter die ohren auf pergament.
824. einem einen floh in's ohr setzen.
825. er lässt die ohren hängen.
826. er legt sich auf's ohr, geht schlafen.
827. beiss dir nur nicht die ohren ab, sagt man einem, der den mund breit hat oder macht (beim lachen).
828. einen kerb in's ohr machen.
829. ohrfeige.
830. freundlich wie ein ohrwurm.
831. oel in's feuer giessen. stumm wie ein oelgötze.
832. kinder wie die orgelpfeifen.
833. ich dachte, ostern und pfingsten sollten auf einen tag fallen.

P.

834. zu paaren treiben.
835. er hat auch sein päckchen zu tragen.
836. er steht unter dem pantoffel.
837. ein schlechter patron.
838. er sitzt in der patsche, er kommt nicht wieder aus der patsche. man sagt auch: in der tinte sitzen.
839. ein patziger bengel.
840. er hat pech, sitzt im peche, ist ein pechvogel.
841. eine pechrabenschwarze nacht.
842. wasch mir den pelz und mach mich nicht nass. s. auch 662.
843. die perlen vor die säue werfen.
844. dass dich die pest!

845. man kann petersilie hinter seinen ohren säen.
846. es ist ihm die petersilie verhagelt.
847. wärst du, wo der pfeffer wächst.
848. er reibt pfeffer mit dem arsch, gilt von einem, der keine
minute still sitzen kann.
849. das war gepfeffert!
850. sie müssen nach seiner pfeife tanzen.
851. pfeifen schneiden, wann man im rohr sitzt.
852. quid nunc? sprach Funk und stopfte seine pfeife.
853. er pfeift auf dem letzten loch.
854. sich auf's hohe pferd setzen.
855. hier bringen mich keine zehn pferde wieder fort.
856. das kommt gleich nach dem pferdestehlen.
857. ein pfifficus, ein pfiffiger junge.
858. um pfingsten auf dem eis. (ähnlich zu weihnachten in
der erndte. s. auch 135. 719. 804.)
859. geputzt wie ein pfingstochse.
860. die pflastersteine reden davon.
861. ein pflastertreter, tagedieb.
862. das ist sein pflug und wagen.
863. mit fremdem kalbe pflügen.
864. von Pilatus zu Herodes geschickt werden.
865. philister ist aus polyhistor entstanden. nach dem exa-
men tritt der student in's philisterium.
866. er konnte nicht mehr pips sagen. er hat einen pips weg.
867. wenn man den bauer fragt, wie weit hab' ich noch in's
dorf, sagt er wol: noch 'ne pip toback.
868. eine pique auf jemand haben, être piqué.
869. wie aus der pistole geschossen, urplötzlich.
870. ein platter bursche, gesell.
871. es ist um die platze zu kriegen.
872. nun ist Polen offen, soviel als: nun ist der teufel los.
873. es sieht aus wie in klein Polen.
874. eine polnische wirthschaft.

875. halsstarrig wie ein polnisch pferd.

876. Popanz, das wort scheint dasselbe zu bedeuten, was das hennebergische Pöpel, eine schwarze gewitterwolke, s. zu mummelack.

877. ich bin bei Pontius und Pilatus gewesen, von Pontius zu Pilatus herumgeschickt worden. auch: von Hinz zu Kunz.

878. wenn die jungen die nase ausleeren, sagt der lehrer: „bei Popelmatzens ist ball.‟

879. du kommst einen posttag zu spät.

880. nicht die probe. s. 144.

881. puckel s. buckel. Sie können mir den puckel 'runterrutschen. cf. 184. 360. 670.

882. ein pudelnärrischer gesell.

883. der kerl ist keinen schuss pulver werth.

884. er hat das pulver nicht erfunden.

885. sich pump satt fressen (Goethe).

886. eine pumpe anlegen, einen anpumpen, pump mir drei thaler.

887. pumpenheimer ist der gänsewein oder wasser.

888. alle puppen müssen tanzen.

889. das geht bis in die puppen, bis in die schwarze pechhütte, d. h. es versteigt sich in's unendliche.

890. zu puppendreck schlagen, frieren.

891. ich werde ihm was pusten (man hört auch: was husten). nd. ik floit di wat.

892. die puste (der athem) ist ihm ausgegangen. ich will mich ein bischen verpusten.

Q.

893. du quälst mich mehr wie mein geld.

894. er kümmert sich um jeden quark, um jeden scheissdreck.

895. er hat quecksilber im arsch.

896. ein quengelarsch, quengelhans.

897. in die kreuz und quer.
898. es ist ihm etwas in die quere gekommen.
899. ein querkopf (il a des travers dans la tête).
900. querschreiben ist soviel als wechsel machen.
901. quittegelb, quittegahl.

R.

902. er stiehlt wie ein rabe.
903. ein weisser rabe = ein seltener vogel.
904. der rädels- oder rädleinsführer.
905. er raisonniert wie ein kutschpferd.
906. ihr seid ja heut aus rand und band.
907. einem den raug ablaufen.
908. mit rath und that.
909. da ist guter rath theuer.
910. er hat raupen im kopf.
911. das war ihm ein strich durch die rechnung.
912. er macht die rechnung ohne den wirth.
913. recht — hängt am galgen.
914. du kannst reden bis du schwarz wirst.
915. reden wie ein uhrwerk.
916. aus dem regen in die traufe.
917. es wäscht dich kein regen ab.
918. reim dich oder ich fress dich. das reimt sich wie arsch und Friedrich, wie die faust auf's auge.
919. witze reissen, possen reissen, ein possenreisser.
920. retourkutsche ist ein zurückgegebener vorwurf oder schimpfwort. es heisst: sie fahren bloss freitags.
921. das wäscht ihm der der Rhein nicht ab.
922. ein geriebener kerl.
923. er riecht den braten. das konnt' ich doch nicht riechen.
924. jetzt geht es mir an die riemen.
925. der flasche auf den riemen treten = trinken.
926. ein kerl wie ein riese.

927. nach Adam Riese.
928. soll ich es mir aus den rippen schneiden? = wo soll ich es hernehmen!
929. er kann's auch nicht durch die rippen schwitzen.
930. risse machen. cf. 919.
931. ein rock ein gott.
932. er hat grosse rosinen im sack.
933. ich habe keinen rothen heller (pfennig) mehr; ich gebe keinen rothen kreuzer dafür.
934. hinter jemandes rücken = in seiner abwesenheit.
935. sich den rücken frei halten.
936. er darf sich nicht rücken und rühren.

der ruf „alls rücken alls rühren" giebt in manchen knabenspielen die erlaubniss, vom male auszulaufen.
937. er hat sich eine ruthe auf den hintern gebunden.

S.

938. säbelbeine.
939. mit sack und pack.

er steckt dich in den sack, d. h. ist dir überlegen. ich kenne dich in und aus dem sack, d. h. ganz genau.
940. in Sachsen, wo die schönen mädchen auf den bäumen wachsen.
941. ohne saft und kraft.
942. immer auf einer saite geigen, das alte lied singen.
943. ohne salz und schmalz. salz wie lat. sules bezeichnet witz. ihr seid das salz der erde.
944. er hat nicht das salz dabei = verdient nichts damit.
945. das heirathen ist ihm versalzen worden.
946. wie sand am meere.
947. sand in's meer führen.
948. dem publicum sand (auch staub) in die augen streuen.
949. mit sang und klang.
950. ich hab' es lange satt (nd. 't is mi all üwer.)

951. in allen sätteln gerecht.
952. das kannst du dir sauer kochen, will ich nicht.
953. der wein ist so sauer, dass er die löcher im strumpf zusammenzieht. s. blume.
954. er macht ein saures gesicht, ist ein sauertopf.
955. es wird mir sauer = schwer.
956. mit saurem schweiss.
957. ein saufaus.
958. er säuft wie ein igel. gemeint ist der blutegel, wie dieser saugt er sich an die flasche an und lässt nicht eher los als bis er voll ist oder — die flasche leer.
959. Saul unter den propheten.
960. sie leben in saus und braus.
961. ein sausewind oder windbeutel ist ein leichtsinniger mensch.
962. eine alte schachtel = alte jungfer, altes weib.
963. er hat sein schäfchen im trocknen oder geschoren.
964. er hat den schalk im nacken.
965. er folgt ihm wie sein schatten, auf schritt und tritt
966. etwas in die schanze schlagen.
967. sich scheckig lachen s. bucklicht, ast, krank.
968. ich werde ihm was scheissen.
969. mir hat der hund was geschissen.
970. es hat sich einer erst viel zeit gelassen und überstürzt sich dann. hier gilt das derbe wort: ja, nun scheisst das pferd im vollen rennen.
971. er scheisst wie ein grenadier, wie ein wallach.
972. ein rechter scheisser, stud. schisser, ein scheisskerl.
973. scheeren Sie sich zum henker u. s. w.
974. er hat schief geladen, ist schwer betrunken.
975. da bist du schief gewickelt.
976. sie schimpft wie ein rohrsperling.
977. die laus um den balg schinden.
978. zum schinder!

979. er schläft wie eine ratze, wie ein daus. schlaf rund
dass du nicht eckig wirst. schlafen, dass ein auge das
andere nicht sieht. er schläft den schlaf des gerechten.

980. einen beim schlafittchen kriegen. (?)

981. eine nacht um die ohren schlagen.

982. aus der art schlagen. man vergl. der menschenschlag,
er schlachtet nicht nach mir, artet mir nicht nach, de-
heiner slahte mhd. = keiner art, das geschlecht, ein
ungeschlachter mensch.

983. schade um den schlag, der vorbei geht.

984. arme leute sagen den kindern, wenn sie fragen, was sie
zum geburtstage, zu weihnachten bekämen, wol: einen
schlag mehr wie sonst.

985. ein schlapper kerl.

986. schlecht und recht. cf. 333.

987. unter schloss und riegel.

988. eine schlumpe, ein schmutziges, unordentliches weib.

989. Schmalhaus ist küchenmeister.

990. das gieng wie geschmiert. er hat schmiere (prügel)
gekriegt, auch schmisse.

991. schmutzfink.

992. reden, wie einem der schnabel gewachsen ist.

993. er wird sich schneiden, sich getäuscht sehen.

994. man schneidet einem fräulein die cour, die visite.

995. nach der schnur, am schnürchen haben, schnurgrade,
schnurstracks; über die schnur hauen.

996. ihr macht mir schöne geschichten, sachen.

997. schreib's in den schornstein.

998. wo steht das geschrieben? davon steht nichts geschrieben od. drin.

999. das will ich dir schriftlich geben.

1000. von altem (ächtem) schrot und korn.

1001. er hat seine schrullen.

1002. wissen, wo einen der schuh drückt.

1003. er läuft wie ein schuhmacher, der den markt versäumt hat.

1004. schulden wie ein major. s. auch 398. 438.

1005. er ist alle schulen durch. aus der schule plaudern.

1006. in jede schürze verliebt.

1007. schuster bleib' bei deinem leisten.

1008. schutz und trutz.

1009. ein schwabenstreich. Uhland hat den schwabenstreich zu ehren gebracht. ein neuerer Schwabe, Ludwig Pfau sagt: „die Deutschen sind alle Schwaben."

1010. du kannst warten, bis du schwarz wirst.

1011. schwein oder sau haben = glück haben.

1012. die schwere noth s. 808. schwere brett! schwere jagd! u. a.

1013. nach der schwierigkeit, etwa: ganz gehörig.

1014. ich schwitzte blut und wasser. trübsal schwitzen.

1015. der mensch ist ein wahrer segen für uns.

1016. das thut mir in der seele weh. eine seele von mann, seelensgut. mir friert die seele im leibe.

1017. er sieht den wald vor bäumen nicht.

1018. sich mit des seilers braut vermählen = erhängt werden. (Paul Heyse, braut von Cypern p. 114.)

1019. das ist ihre schwache seite. bei seite bringen. ein vielseitiger, einseitiger mensch.

1020. er hat semmelbeine.

1021. seinen senf dazugeben.

1022. es setzt prügel, keile, wichse, schmiere, nasse augen.

1023. eine böse sieben. siebenseltsam. siebenmeilenstiefel. er packt seine sieben sachen ein. er ist drei mal sieben jahr alt. er kommt aus dem siebenten traum. er ist aus der siebenten bitte (d. h. etwa man gedenkt seiner wie des Pilatus im Credo.) er ist halb sieben (betrunken). cf. im märchen: hinter den sieben bergen bei den sieben zwergen: sieben grade gehen lassen.

1024. er siebt = weint.

1025. das ist weder zu sieden noch zu braten.

1026. silben stechen. (ob vom ringstechen der stechbahn?)

1027. versilbern = verkaufen.

1028. er hat sie sitzen lassen, nicht geheirathet.

1029. er hat kein sitzfleisch.

1030. auch nicht so viel. so und so. so wie so.

1031. sonnenklar.

1032. es ist nicht alle tage sonntag (oder kirchweih, jahrmarkt).

1033. er ist ein sonntagskind, hat glück. ein sonntagsreiter,
— jäger, — schnupfer u. s. w.

1034. sag' ihm, er könne mir sonst was thun.

1035. haare spalten, kümmel spalten.

1036. du verräthst Spandau nicht. cf. 884.

1037. das kommt ihm ganz spanisch vor.

1038. er hat einen sparren zu viel, ist verrückt.

1039. das ist kein spass — sagte der Nachtwächter, da hatten
sie ihm in das horn gesch.

1040. ein speichellecker = schmeichler.

1041. sperrangelweit offen.

1042. speikinder — gedeihkinder.

1043. spiegelblank, spiegelglatt.

1044. ich werde ihm einen brief schreiben, den er nicht hinter
den spiegel stecken soll.

1045. er spielt ein doppeltes spiel. auf's spiel setzen. nun
hatte er gewonnenes spiel.

1046. spindeldürr.

1047. spinnefeind.

1048. er hat sich einen spitz gekauft, ist bespitzt == betrunken.

1049. die spitze bieten. etwas auf die spitze stellen, treiben.

1050. splitternackt, splitterfadennackt.

1051. spottschlecht, spottbillig, wohlfeil.

1052. zum sprichwort werden. 5. mos. 28, 37: du wirst ein
scheusal und sprichwort sein unter allen völkern.

1053. auf die sprünge bringen, helfen. damit kann er keine grossen sprünge machen.

1054. einem den staar stechen. sich einen staar stechen d. i.: vergeblich etwas erwarten.

1055. zu stande bringen. ich bin nicht im stande, vermag nicht. ein herr von stande.

1056. bei der stange bleiben.

1057. darin ist er stark, das ist seine stärkste seite..

1058. Sie können mir den staub wegblasen. s. 881.

1059. ein steckenpferd reiten. das ist mein st.

1060. ich habe dich gesucht wie eine stecknadel.

1061. davon steht nichts drin. s. 998. das kann dir theuer zu stehen kommen. stehen nähert sich dem begriff des seins, wie ja être, estre = stare. er steht in ansehn u. s. w. in jeder ursprünglichen sprache ist der begriff des seins, einer der sublimsten und abstractesten, spät und erborgt seine tempora verschiedenen wurzeln; merkwürdig ist, dass diese gehen, stehen, essen bedeuten.

1062. aus dem stegreif, (nicht steh—greif, wie gewöhnlich gesprochen wird) d. h. aus dem steigbügel, schon mit einem fusse im steigbügel, also flüchtig, schnell, dann ohne vorbereitung, ex improviso. steige oder stege heissen auch die sogenanuten sprungriemen an den hosen.

1063. wer ihn bei nacht stiehlt, bringt ihn bei tage wieder.

1064. er stiehlt alles, nur keine mühlsteine und glühend eisen.

1065. ein stein des anstosses.

1066. einen stein bei jemand im brette haben.

1067. du wirst noch kleine steine essen.

1068. es ist zum stein' erbarmen.

1069. ich kann es doch nicht aus einem steine graben, soviel als: aus der luft greifen, aus dem ermel schütteln, aus. den rippen schneiden. s. auch unter streiten.

1070. härter als ein stein. steinalt. steinhart. steinreich

1071. eine rede geht auf stelzen, steht auf schrauben, ist geschraubt.
1072. ich wusste kein sterbenswörtlein davon.
1073. sternhagel besoffen.
1074. im stiche lassen. stich halten, vom zeug, das genäht wird. vielleicht ist auch die vorige redensart von der schneiderei entlehnt, im stiche, d. h. nicht fertig genäht, unvollendet zurücklassen.
1075. er kann einen stiefel vertragen = tüchtig trinken. in Bern giebt es eine stiefelschenke und wird erzählt, dass der herr v. Bassompière den abgeordneten der cantone aus seinem mit 13 humpen gefüllten stiefel bescheid that.
1076. er hätte einen guten stiefvater gegeben.
1077. still wie in der kirche. s. 379. 729. im stillen.
1078. eine schlechte cigarre heisst: stincadores, auch extra muros. wie dreimännerwein (s. zu blume) so giebt es auch eine dreimännercigarre, zwei mann, heisst es, ziehen und einer spuckt.
1079. verliebt wie ein stint.
1080. die stirn bieten = trotzen.
1081. stockblind, — finster, — gelehrt, — taub; ein stockphilologe. stock und block. stock und stein.
1082. das kann uns gestohlen werden.
1083. er geht wie der storch durch den salat. s. auch 236.
1084. immer stramm auf dem damm.
1085. über die stränge schlagen.
1086. strauchdieb, strauchräuber.
1087. er streitet stein und bein. er baut auf ihn wie auf st. und b.
1088. sie streiten um des kaisers bart.
1089. einen auf dem strich haben, nicht wohlwollen. ist wol dem jagdgebrauch entlehnt. cf. der dohlenstrich.
1090. du bist ein strick, ein ungezogener schlingel.
1091. leeres stroh dreschen.

1092. ein strohkopf. auch ströhern, wie ledern bezeichnet das geistlose, fade, langweilige.
1093. gegen den strom schwimmen.
1094, darauf loshauen, dass die stücke fliegen.
1095. grosse stücke auf jemand halten.
1096. stumm wie das grab, wie ein fisch, wie ein oelgötze.

das wort stumm ist identisch mit stumpf, so ist es also zweimal vorhanden, wie höfisch und hübsch. als man die ursprüngliche einheit des begriffs trennte, blieb stumpf für das concretere, stumm für das abstracte. wie das griech. κωφός zu κόπτω, so stellt sich stumpf-stummb-stumm zu stamm, stammeln, verstümmeln.

1097. er sucht den gestrigen tag.
1098. er sucht das pferd, den esel, und reitet darauf.
1099. süssholz raspeln = cour schneiden.

T.

1100. das ist starker taback, c'est trop fort.
1101. in den tag hinein leben.
1102. an den tag bringen.
1103. er stiehlt dem lieben gott die tage ab, ist ein tagedieb.
1104. so was hab' ich mein' lebtag' nicht gesehn.
1105. na nun wird's tag!
1106. eine taille wie eine wespe, wie ein schneider.
1107. auf's tapet bringen.
1108. er hat ihn in der tasche. cf. 939.
1109. die hände in die tasche stecken. s. auch 274.
1110. von schlechtem caffe gilt: auf sechzehn tassen funfzehn bohnen.
1111. er predigt tauben ohren.
1112. die tauben sollen ihm gebraten in's maul fliegen.
1113. an dir ist taufe und chrisam (chrisma) verloren. s. 488.
1114. ein taugenichts.
1115. der teufel reitet ihn.

1116. das heisst den teufel durch Beelzebub austreiben.
1117. plagt dich der teufel?
1118. in des teufels küche, d. h. in die hölle, kommen ist je-
doch nur soviel als schlimm ankommen, etwa wie die sau
im judenhaus.
1119. ein böses weib schilt man: des teufels grossmutter.
1120. zu dem kann der tenfel in die lehre gehen.
1121. dem teufel ein ohr abschwatzen, s. abschwören.
1122. der kerl hat den teufel im leibe, ist ein teufelskerl.
1123. dem teufel beichten. s. 103.
1124. den teufel auf den buckel kriegen.
1125. ein teufelsbraten, höllenbrand.
1126. nun schlag' gott den teufel todt, d. h.: nun schlag' das
wetter drein, denn im gewitter sah der alte glaube einen
götterkampf; dem einfluss des christenthums gelang es,
die alten götter zu teufeln und kobolden zu degradieren,
wie auch die alte frau Venus zur teufelinne ward. hier
sei erwähnt, dass weder das mittelalter noch das heutige
volksbewusstsein sich viel um die dogmatische würde
seiner infernalen majestät kümmert, sondern ihn ein-
stimmig als eine komische, überall betrogene und ge-
prellte figur darstellen. daher ist ein dummer teufel,
ein armer teufel sprichwörtlich. sehr schön sagt Fr.
Chrysander (musik und theater in Mecklenburg, im Meckl.
archiv 1854, heft I. u. II.) „recht betrachtet, verlohnt es
sich durchaus der mühe nicht, schlecht zu sein; und
strahlt gottes antlitz einmal heller durch die wolken, so
fällt auf den bösen haufen unfehlbar das streiflicht des
lächerlichen und sie gerathen in komische situation."
1127. für geld kann man den teufel tanzen sehn.
1128. das weiss der teufel!
1129. du denkst wol die thaler jungen bei mir.
1130. er ist im thee bei ihm, gehört zu seiner theegesellschaft,
daher beliebt.

1131. nun ist guter rath theuer. s. auch 1060.
1132. grüss' den thorschreiber.
1133. er ist im thran, hat in den'thran getreteu = ist trunken.
1134. ein thunichtgut.
1135. thür und thor öffnen.
1136. zwischen thür und angel sitzen, stecken cf. 101.
1137. da müsst' ich ja tinte getrunken haben. s. auch 838.
1138. reinen tisch (tabula rasa) machen.
1139. von tisch zu wisch.
1140. der tod geht über's grab cf. engel.
1141. todtkrank, todtmüde.
1142. du kannst mich todtschlagen, d. h. ich bin nicht im stande dich zu befriedigen und wenn du mich darum todtschlügest.
1143. topfkieker schilt die frau den mann, der in die küche kommt.
1144. bleib' mir aus dem tornister damit.
1145. eine tracht. prügel, ist poetischer als ein buckel, ein arsch voll prügel.
1146. treten stud. soviel wie mahnen, an ein gegebenes versprechen erinnern.
1147. treu wie gold, ein herlicher ausdruck.
1148. er ist im tritt = betrunken. es sind bisher schon ziemlich viel umschreibungen für diesen deutschen zustand gegeben; sie zu erschöpfen ist nicht möglich. wer mehr wünscht, suche bei Lichtenberg.
1149. er ist noch nicht trocken hinter den ohren.
1150. einem einen trödel machen; ebenso er kriegt hundsloden.
1151. du zersprengst mir das trommelfell.
1152. er muss am trompetertisch sitzen.
1153. das ist ein tropfen auf einen heissen stein.
1154. sie gleichen sich, wie ein tropfen wasser dem andern. cf. 234.

1155. im trüben fischen.

1156. er sieht aus, als könnte er kein wasser trüben.

1157. einen trumpf darauf setzen, einen letzten trumpf ausspielen.

U.

1158. das wurde mir über = ich wurde es überdrüssig. die redensart ist wol eigentlich niederdeutsch: dat ward mi äwer.

1159. er ist übergeschnappt, überstudiert.

1160. einen uhzen = neckend reizen. wir haben geuhzt, sind lustig und übermüthig gewesen.

1161. ulen und apen, d. i. eulen und affen., bezeichnet unleserliche und schmierige handschrift, meist das gekritzel der abc-schützen.

1162. was ich um und an mir habe. um und um rennen.

1163. umgekehrt wird ein schuh draus. (?)

1164. umsatteln z. b. von der theologie zur philologie übergehen.

1165. umsonst ist der tod — er kostet bloss das leben.

1166. des glückes soll man sich nicht rühmen, sich nicht überheben (Tibull: qui sapit, in tacito gaudeat ille sinu). ein tief religiöser, obwol heidnischer zug lebt noch im volke, wenn bei erwähnung eines glückes gesagt wird: „unberufen!" nämlich: es sei unberufen, werde nicht durch bösen zauber oder durch neid geschädigt! berufen ist = incantare, durch besprechen schädigen. s. WB. I. sp. 1531.

1167. ein ungehobelter, ungeschliffener mensch, klotz. so auch abhobeln.

1168. ein ungewaschenes maul, zeug. cf. gewaschen.

1169. ein unkenlied = unglücksprophezeiung.

1170. er merkt unrath.

1171. ein Uriasbrief.

V.

1172. vatermörder ist der steifo kragen am oberhemd.
1173. man kann ihm ein vaterunser durch die backen pusten.
1174. in Baiern sagt man von einem ding das schnell läuft, es läuft wie ein vaterunser. (Riehl.)
1175. so spielt man in Venedig!
1176. ein verbohrter mensch, man sagt auch verbiestert, versessen, vernagelt, verratzt.
1177. er kann selbst ein hufeisen verdauen.
1178. an dir ist ein junge verdorben, verloren, d. h. du hättest einer werden sollen, sagt man mädchen von wilder knabenhafter art.
1179. bis über die ohren verliebt, od. wie ein stint.
1180. es ist zum verrecken.
1181. er hat sich verplempert.
1182. sich verpusten.
1183. daraus kann ich mir keinen vers machen, er hat ihm einen vers gemacht, die epistel gelesen, ihn ausgescholten.
1184. was versteht der bauer von gurkensalat?
1185. verschwiegen wie ein brunnen.
1186. ein verteufelter, verwetterter kerl.
1187. viel — führt man auf dem wagen.
1188. das ist viel und noch was!
1189. vierschrötig. viersträhnig.
1190. ein seltener vogel; ein sauberer vogel; den vogel kenn' ich; der vogel ist ausgeflogen; ein pechvogel, unglücksvogel, glücksvogel, u. a. m.

W.

1191. das soll dir in wachs gedrückt sein.
1192. einer sache gewachsen sein, parem esse.
1193. kriegst den tod in beide waden, oder in die waden!
1194. das pferd hinter den wagen spannen.

1195. ein wagehals.
1196. wahr zur bezeichnung der ähnlichkeit: das ist ein w. Simson, ein w. Goliath, ein w. riese, der w. Jacob.
1197. die wände haben ohren; ebenso die büsche.
1198. er bleibt an der wand kleben, so schmutzig ist er.
1199. man kann wände mit ihm einrennen.
2000. er will mit dem kopf durch die wand.
1201. ih da muss ja gleich eine alte wand wackeln.
1202. das ist weder warm noch kalt.
1203. er ist noch nicht warm geworden.
1204. er frisst wie ein wärwolf. die redensart lehrt, dass dem volke die bedeutung des wärwolfs ziemlich abhanden gekommen ist, hier steht es lediglich für wolf.
1205. das hat sich gewaschen, ist vorzüglich gerathen.
1206. seine hände in unschuld waschen.
1207. wie ein waschlappen. ein waschlappiges benehmen, läppisch. altes waschweib!
1208. er darf ihm nicht das wasser bieten, reichen; er ist nicht werth, ihm das wasser zu reichen.
1209. meine hoffnung ist zu wasser geworden.
1210. er kann sein wasser nicht halten.
1211. sein wasser abschlagen. Heine verspottet ein gutmüthiges frauenzimmer: sie konnte nichts abschlagen als — ihr wasser.
1212. ein wechselreiter.
1213. weg und steg; er steht mir im wege; etwas zu wege bringen; das hat gute wege = wird wol noch ein weilchen dauern.
1214. einem klaren (reinen) wein einschenken.
1215. ja das weiss gott, der himmel, der kukuck, der henker, der schinder, der teufel u. a. = ja das ist leider wahr.
1216. einem etwas weiss machen, fälschlich statt einen mit etwas weise machen. cf. 794.
1217. weiss wie schnee, weisser wie schnee, schneeweiss, w. wie alabaster, wie elfenbein, schlohweiss.

1218. er sicht aus wie weissbier und spucke.
1219. weit vom schuss.
1220. es ist mit seiner gelehrsamkeit nicht allzu weit her. er wird es noch weit bringen.
1221. ein weites gewissen. das geht in's weite.
1222. die welt und drei dörfer \schen. (cf. de omnibus rebus et de quibusdam aliis.)
1223. das ist das wenigste, z. b. geld.
1224. wenn schon, denn schon.
1225. in ein wespennest stechen.
1226. veränderlich wie eine wetterfahne.
1227. wetter! wetter und hagel! s. donner. ein wetterkerl, wettermädel. s. blitz.
1228. sich in wichs werfen, setzen, stecken. man wirft sich in den frack.
1229. das ist mir nicht an der wiege gesungen worden.
1230. etwas in den wind schlagen; auch reden, sagen.
1231. er lebt vom winde, wie der dudelsack.
1232. einem mit dem laternenpfahl od. zaunpfahl winken; das war ein wink mit dem l. = eine grobe andeutung.
1233. wohl dem, dem's schmeckt und hat nichts.
1234. mein wohl und wehe.
1235. ein wolf im schafspelz.
1236. mit den wölfen heulen.
1237. sich einen wolf, ein wölfchen reiten, gehen.
1238. in die wolken erheben. aus den w. fallen. bis an die w.
1239. wenn das wort eine brücke wäre, ich gienge nicht darüber.
1240. wunderbares land! da gehen die gänse barfuss.
1241. wünsche dir was! s. die vorrede p. II.
1242. es kommt mir etwas in den wurf.
1243. ein gewürfelter fuhrmann, der seine kunst bis in's feinste versteht.
1244. ein wurm, armes würmchen. — ein actenwurm, bücherwurm.

1245. es wurmt mir.
1246. das ist ihm ganz wurst, pomade, pipe, schnuppe u. noch mancherlei = es ist ihm gleichgiltig.
1247. mit der wurst nach der speckseite werfen.
1248. wurst wider (oder wieder?) wurst.

X.

1249. er hat x-beine.
1250. einem ein X für ein U (V) machen. X = 10, V = 5.

Z.

1251. einem auf den zahn fühlen. er hat haare auf den zähnen. die zähne weisen. bis an die zähne bewaffnet.
1252. gott sei gedankt! wieder mal gegessen und nicht gezankt.
1253. sich um eine häringsnase zanken. zankapfel.
1254. zaum und zügel anlegen.
1255. eine gelegenheit vom zaun brechen.
1256. ich zeigte ihm, wo der zimmermann das loch gelassen hat.
1257. ein lockerer zeisig cf. 991. 1189.
1258. die zeit todtschlagen. das zeitliche segnen = sterben.
1259. was das zeug halten will. Sie haben das zeug dazu. einem etwas am zeuge flicken.
1260. es kommt auf ein zimmermannshaar nicht an; ein z. bezeichnet einen halben zoll oder mehr.
1261. einem einen zopf machen.
1262. eine giftige zunge.
1263. ich komme auf keinen grünen zweig damit.
1264. das lasse ich mir nicht zweimal sagen.

ja, ja, secht de bûr, den wêt he nix mehr.

Allitterationen.

(es folgen nur die mit consonantischem anlaut.)

B.

1. backen und braten.
2. bärbeissig.
3. zwischen baum und borke.
4. in bausch und bogen.
5. nichts zu beissen noch zu brechen haben.
6. Göthe ital. reis. p. 118 (bd. 27) „er befindet sich im fall der bösen geister im puppenspiel, die auf das schnell wechselnde b e r l i c k e ! b e r l o c k e ! des muthwilligen hanswursts nicht wissen, wie sie gehen oder kommen sollen.
7. bif baf buf. weder bif noch baf wissen.
8. biegen und brechen.
9. bim bam.
10. bimmeln und bammeln.
11. bitterböse
12. blau und blutig.

13. blitzblank.
14. blitzblau.
15. blitz- blatz-voll.
16. braun und blau.
17. brummbär.
18. burzelbaum.

D.

19. da und da.
20. der und der.
21. dichten und 'trachten.
22. dick und dünn.
23. dideldudel.
24. dies und das.
25. dorn und distel.
26. doppelt und dreifach.
27. dran und drauf.
28. drunter und drüber.
29. durch und durch.
30. duseldumm.

F.

31. faule fische.
32. federfuchser.
33. feuer und flamme.
34. fickfacker (Bürger).
35. firlefanz.
36. fisch und vogel.
37. weder fisch noch fleisch.
38. fitsche fatsche.
39. es ist alles gefitzt und gefetzt.
40. fix und fertig.
41. flickern und flackern.
42. flimmern und flammern.

43. vogelfrei.
44. frank und frei.
45. fried' und freundschaft.
46. · froh und frei (od. frisch).
47. für und für.

G.

48. ganz und gar.
49. gäng und gebe.
50. geld und gut.
51. gickgack (oder gigack).
52. so leben wir in glimper gloria
    (Wackernagel LB. II. p. 234.)
53. glück und glas.
54. goldgelb.
55. grasgrün.
56. griesgram. griesgrämlich.
57. grün und gelb.
58. gunst und gabe.

H.

59. nicht halb nicht heil (d. i. ganz,
    wie oben hupenheel verthären).
60. hand und herz.
61. haus und heim.
62. haus und hof.
63. haut und haar.
64. herz und hirn.
65. himmelhoch.
66. hoffen und harren — hott und ha
    (rechts und links).
67. es kräht weder huhn noch hahn
    darnach.

K.

68. kickern und kackern od. kichern und kachern.
69. kikelkakel.
70. weder kind noch kaks.
71. kind und kegel.
72. neue kinder, neues kreuz.
73. kisten und kasten.
74. frau kitze, frau katze.
75. klar wie klossbrühe.
76. kliffklaff.
77. klingklang.
78. klinke klanke.
79. klipp und klar.
80. klippe klappe.
81. dann klippert's und klappert's (Göthe).
82. klitschklatsch.
83. knick knack.
84. knistern und knastern.
85. kopf und kragen.
86. die kreuz und quer.
87. zu kreuze kriechen.
88. kribbeln und krabbeln.
89. kribskrabs (der imagination, sagt Mephisto).
90. krickkrack. *)

---

*) den ton des krickkrack giebt wieder Od. 9, 71.

$$\iota\sigma\tau\iota\alpha\ \delta\acute{\epsilon}\ \sigma\varphi\iota\nu$$
$$\tau\varrho\iota\chi\vartheta\acute{\alpha}\ \tau\epsilon\ \varkappa\alpha\grave{\iota}\ \tau\epsilon\tau\varrho\alpha\chi\vartheta\grave{\alpha}\ \delta\iota\acute{\epsilon}\sigma\chi\iota\sigma\epsilon\nu\ \check{\iota}\varsigma\ \dot{\alpha}\nu\acute{\epsilon}\mu\iota\iota.$$

91. krimskrams.
92. küch' und keller.
93. kunst und kraft.
94. kurz und klein schlagen.

L.

95. land und leute.
96. leib und leben.
97. wie er leibt und lebt.
98. lichterloh.
99. lieb und leid (wo lieb in der mhd. bedeutung so viel als freude). die liebe lange nacht.
100. lobesam und langsam (fand ich indess nur in nd. form lavesam und lancksame).
101. los und ledig.
102. lust und laune.
103. lunge und leber.
104. lust und liebe.

M.

105. mit mann und maus.
106. mischmasch, auch mengelmuss.
107. mit der muttermilch.
108. müde und matt.
109. muss wie miene.
110. von munde zu munde.
111. mürb' und morsch.

N.

112. nach und nach.
113. bei nacht und nebel.

114. nagelneu, gew. funkelnagelneu.
115. niet- und nagelfest. '
116. null und nichtig.
117. nun und nimmermehr.

P.

118. piff paff (puff).
119. pinke panke.
120. von Pontius zu Pilatus geschickt
    werden.
121. prunk und pracht (Göthe 27, 9).

Q.

122. quieken und quaken.

R,

123. rast und ruh oder ruh und rast
    (ist halbe mast).
124. ri-ra-rutsch (im kinderspiel).
125. rips raps.
126. rischrasch.
127. ross und reiter.
128. rücken und rühren.
    hierher gehören auch recht und
    gerechtigkeit

S.

129. sammt und seide.
130. samt und sónders.
131. gesattelt und gespornt.
132. schimpf und schande.
133. schmitz-schmatz.
134. schnickschnack.
135. schnipp-schnapp-schnurr.

136. siebenseltsam.
137. singsang.
138. singen und sagen.
139. so so! so so, la la! so wie so.
140. über stauden und stecken (ist
ein zauberwort der hexen).
141. stock und stein.
142. (strickstrumpf.)
143. strip-strap-strull.
144. stumpf und stiel.
145. weder stüp noch stab.
146. sünde und schande.

T.

147. tagtäglich.
148. tichten und trachten.
149. ticktack.
150. tilltapp.
151. tischtasch.
152. tisch und teller.
153. tod und teufel!
154. thor und thür.
155. triktrak (ein brettspiel).
156. getrippel getrappel.

V.

157. verrathen und verkauft.
158. verschollen und vergessen.

W.

159. wer wagt, gewinnt.
160. frisch gewagt ist halb gewonnen.
161. wehr und waffen.
162. die weite weite welt.

163. wetten und wagen.
164. wigelwagel.
165. erst wig's, dann wag's.
166. wind und wellen. aus allen
     winden und weiten.
167. wind und wetter.
168. windelweich.
169. winke wanke.
170. wirbelwind.
171. wirrwarr.
172. ohne wissen und willen (oder
     wollen).
173. wittwen und waisen.
174. wohl und wehe.
175. wunsch und wahl.

Z.

176. zaum und zügel.
177. zickzack.
178. zippeln und zappeln.
179. zittern und zagen.